O vale do terror

COLEÇÃO A OBRA-PRIMA DE CADA AUTOR

O vale do terror

Sir Arthur Conan Doyle

2ª Edição

Tradução
Casemiro Linarth

MARTIN CLARET

DIREÇÃO
Martin Claret
PRODUÇÃO EDITORIAL
Carolina Marani Lima / Flávia P. Silva
DIAGRAMAÇÃO
Giovana G. Leonardo Fernandes
DIREÇÃO DE ARTE
José Duarte T. de Castro
CAPA
Ilustração: Getulio Delphim
MIOLO
Tradução: Casemiro Linarth
Revisão: Durval Cordas / Márcia Abreu / Regina Machado
Impressão e acabamento: PSI7

Este livro segue o novo Acordo Ortográfico da Língua Portuguesa.

Dados Internacionais de Catalogação na Publicação (CIP)
(Câmara Brasileira do Livro, SP, Brasil)

Doyle, Sir Arthur Conan, 1859-1930.
O vale do terror / Sir Arthur Conan Doyle; tradução Casemiro Linarth. — 2. ed. — São Paulo: Martin Claret, 2012. — (Coleção a obra-prima de cada autor; 290)

Título original: The valley of fear
ISBN 978-85-7232-774-9

1. Ficção policial e de mistério (literatura inglesa) 2. Holmes, Sherlock (personagem fictício) I. Título. II. Série.

09-04093 CDD-823.0872

Índices para catálogo sistemático:

1. Ficção policial e de mistério: Literatura inglesa 823.0872

EDITORA MARTIN CLARET LTDA.
Rua Alegrete, 62 – Bairro Sumaré – CEP: 01254-010 – São Paulo – SP
Tel.: (11) 3672-8144 – Fax: (11) 3673-7146
www.martinclaret.com.br
4ª reimpressão – 2015

Sumário

Um estudo

Um retrato de Sherlock Holmes

Casemiro Linarth*

Sherlock Holmes nasceu em janeiro de 1854 em dia e lugar não especificados, segundo os contos e romances imaginados por Sir Arthur Conan Doyle. Era filho de pequenos proprietários de terra e neto da irmã do pintor francês Emile Jean Horace Vernet. O único parente conhecido é o irmão mais velho Mycroft, que frequenta o Clube Diógenes e exerce funções importantes no governo do Reino Unido. As aventuras não mencionam nenhum outro membro de sua família. O dr. Watson é seu confidente e companheiro inseparável.

A observação e a dedução eram para ele um simples passatempo, e foi nos dois anos que estudou no colégio que Holmes descobriu que poderia transformá-las em sua profissão. O pai de seu único amigo de turma chamou-lhe a atenção dizendo que aquela era a vocação de sua vida. Começou a carreira como detetive consultor em 1878, aos 24 anos, na Montague Street.

Depois se mudou para o número 221b da Baker Street, tendo como companheiro de apartamento o dr. John Watson, a quem conheceu em 1881 ou 1882. Revelou que fez mil investigações em 1891. Nesse mesmo ano, no auge da carreira, de-

* Casemiro Linarth é jornalista, tradutor e estudioso da obra de Sir Arthur Conan Doyle.

sapareceu tragicamente nas cataratas de Reichenbach, na Suíça, numa luta terrível com seu maior inimigo, o prof. Moriarty, segundo ele o cérebro do crime em Londres. Reapareceu três anos mais tarde, declarando que conseguira escapar no último minuto e preferira manter-se incógnito para apanhar o resto do seu bando. Retomou as atividades de 1894 a 1903. Em 1895 foi recebido em audiência privada pela rainha Vitória, pelos serviços prestados à coroa britânica, porém recusou o título de cavaleiro em 1902.

Alto e magro, Holmes vivia como boêmio. Vestia-se com elegância, porém com displicência. Fumava muito (cigarro, charuto e cachimbo) e praticava vários esportes (baritsu, boxe inglês, esgrima e golfe, entre outros). Possuía uma força física fora do comum. Não suportava a vida monótona e podia passar dias inteiros na cama quando não tinha compromisso. Não se levantava cedo quando não havia um caso para resolver. Mas podia passar uma noite em claro lidando com os tubos de ensaio quando enfrentava dificuldade para encontrar um criminoso. Durante uma investigação podia levantar-se de madrugada e passava vários dias sem descansar e até sem comer nada.

Enquanto esperava um cliente, recorria às vezes às drogas (cocaína e morfina), cujo uso era legalmente permitido na época de suas aventuras, mas também aproveitava para desenvolver o conhecimento amplo necessário em sua profissão. Abandonou as drogas por volta de 1891, depois de muita insistência do dr. Watson.

Homem culto

Era homem culto, ao contrário da lista de conhecimentos que Watson compilou pouco tempo depois de conhecer Holmes, no início de *Um estudo em vermelho*. Em muitos contos mostrou que acompanhava a política, como no conto *Um escândalo na Boêmia*. Também demonstrou que conhecia literatura e filosofia, ao citar a Bíblia, Shakespeare, Goethe, Balzac, Flaubert e outros autores importantes. Interessava-se, ainda, pela história, pela arqueologia e pela botânica, além de outras ciências.

Entre os mais variados campos e assuntos que instigavam sua curiosidade, nenhum o fascinou tanto como a química. Usava os conhecimentos nessa ciência tanto para elucidar seus casos, como por puro *hobby*, misturando compostos e fazendo experiências. Tinha informações amplas sobre a história do crime e sobre os detalhes de todos os horrores cometidos em seu século, o que o ajudou a resolver inúmeros casos. Afirmava que ninguém conhecia melhor que ele o mundo do crime de Londres.

Não apreciava a música como simples entretenimento. Ela o ajudava a refletir durante uma investigação. Aproveitava os momentos de lazer para ir ouvir algum cantor no teatro. Era também excelente violinista. Podia tocar peças difíceis e, às vezes, improvisava e compunha suas próprias canções.

Parecia ser um solteirão empedernido, e até misógino. Referia-se às coisas do coração sempre com uma ponta de chacota ou um pequeno riso irônico. Aceitou a hospitalidade de um amigo de Watson quando soube que era solteiro. Mas, quando queria, usava maneiras afetadas com as mulheres e obtinha rapidamente a confiança delas. Era muito gentil e amável em suas relações com o sexo feminino. A sra. Hudson, sua senhoria, gostava dele. Na aventura *O Pé-do-Diabo*, disse que nunca amou.

Suportava com dificuldade a inteligência mais lenta dos outros. Mestre do disfarce, não era reconhecido nem mesmo pelas pessoas com as quais convivia. Essa habilidade o ajudava na investigação e resolução de casos que os outros achavam insolúveis. Parecia estar representando o tempo todo, e gostava de impressionar os clientes e o amigo Watson.

Grandes recompensas

Preferia trabalhar sozinho, recorrendo à polícia oficial só quando absolutamente necessário, e às vezes fazia justiça com as próprias mãos. Para ele, o interesse do caso era mais importante que a posição social do cliente. Cobrava uma taxa fixa e a condição modesta da pessoa não era empecilho para aceitar seu caso, porém recebeu recompensas valiosas de personagens ilustres que lhe permitiram uma aposentadoria confortável. Disse que desprezava a notoriedade, mas ficou famoso com as investigações publicadas pelo dr. Watson. Nenhuma delas foi selecionada sem o seu assentimento.

Holmes nem sempre foi bem-sucedido em suas investigações. Ele mesmo reconheceu, no conto *As cinco sementes de laranja*: "Fui derrotado quatro vezes — três por homens e uma vez por uma mulher". A mulher era Irene Adler, a única que o impressionou, na aventura *Um escândalo na Boêmia*. Não chegou a conclusão alguma, por exemplo, nos casos da *Segunda mancha* e da *Face amarela*. Quase se enganou no caso da *Granja da Abadia* e suspeitou de um inocente no roubo dos planos do submarino Bruce-Partington. Uma vez ou outra partiu de pressupostos falsos antes de se dirigir à cena do crime.

O grande detetive resolvia os mistérios utilizando um processo em três etapas: a observação dos indícios, a indução (que ele qualificava como dedução) e a síntese lógica. Seu método se baseava muitas vezes na coleta de provas e indícios, o que o diferenciava claramente do irmão Mycroft, que solucionava um problema sem sair de seu gabinete.

Exerceu a profissão durante vinte e três anos, dezessete dos quais em colaboração com Watson. Foi então morar numa fazenda em Sussex, a oito quilômetros de Eastbourne, à beira do Canal da Mancha, na costa sul da Inglaterra, onde viveu com uma velha criada e se dedicou ao estudo da filosofia e da apicultura. Seu último caso conhecido foi a prisão do espião alemão Von Bork, pouco antes da Primeira Guerra Mundial.

O mito holmesiano

Sherlock Holmes tornou-se um personagem lendário e ainda hoje possui uma legião de admiradores. As histórias de Conan Doyle tiveram inúmeras adaptações na televisão e no cinema (sobretudo *O cão dos Baskervilles*). O detetive é o personagem mais vezes levado à tela, desde o início do cinema, em mais de 260 filmes, nem sempre fiéis às obras do escritor escocês. Na internet, contam-se às centenas de milhões as citações ao grande detetive. Muitas aventuras novas, denominadas pastichos, foram escritas nos últimos anos, seguindo o perfil e as características criadas por Conan Doyle. Aparece, igualmente, em jogos de vídeo e em outras mídias.

Há quase um século aficionados dos contos e romances de Conan Doyle se dedicam a um entretenimento literário, analisando a vida e as ações do detetive com base nas narrativas do dr. Watson, amigo, cronista e participante de muitas aventuras de Holmes. Deram a essa atividade o nome de holmesologia, ou "estudos holmesianos", e centenas de obras foram publicadas sobre o assunto, em vários países do mundo. As histórias inventadas pela imaginação do escritor escocês são esquadrinhadas em todos os sentidos, do ponto de vista literário e científico.

As peripécias do grande investigador, as controvérsias sobre sua vida e os erros involuntários de Conan Doyle nas diversas aventuras vêm sendo discutidos, desde o início dos anos de 1930, por agremiações criadas inicialmente em Londres e Nova York. Com o tempo, associações denominadas Sociedades Sherlock Holmes se espalharam pelos Estados Unidos e clubes de Irregulares da Baker Street, inspirados no bando de meninos de rua empregados ocasionalmente pelo detetive, passaram a existir nas maiores cidades desse país. Clubes holmesianos também foram fundados em grande número no Japão e no Reino Unido.

A expressão "Elementar, meu caro Watson" é imediatamente associada a Sherlock Holmes, porém ele nunca a pronunciou em nenhuma das sessenta histórias escritas por Conan Doyle. Teve origem na encenação das peças em que o detetive é o protagonista principal, e foi retomada nos primeiros filmes do cinema falado, assim como a imagem em que Holmes usa o boné de pano fumando o cachimbo de calabaça (o cachimbo curvo em forma de tromba de elefante).

"Não me recordo de que alguma vez o trabalho me tenha cansado. Mas a ociosidade me deixa completamente esgotado." (*O Signo dos Quatro*)

"O trabalho é o melhor remédio para a tristeza." (*A casa vazia*)

"Meus honorários profissionais obedecem a uma tabela fixa. Não os modifico, a não ser quando os dispenso inteiramente." (*A ponte de Thor*)

"Uma vez eliminado o que é impossível, a hipótese restante, por mais improvável que seja, deve ser a verdadeira." (*O Signo dos Quatro*)

"Eu uso a cabeça, não o coração." (*O cliente ilustre*)

"Todas as coisas devem ser vistas exatamente como são. Subestimar-se é afastar-se tanto da realidade como exagerar os dotes pessoais." (*O intérprete grego*)

"Para o homem que segue a Arte por amor à própria Arte, é frequentemente de suas manifestações menos importantes e mais simples que deriva o maior prazer." (*As faias cor de cobre*)

"Minha vida é um esforço contínuo para escapar da rotina do dia a dia." (*A liga dos Cabeças Vermelhas*)

"Não há limite para o conhecimento, Watson. Ele se adquire ao longo de uma série de lições, das quais a maior é sempre a última." (*O círculo vermelho*)

"Precisamos ter uma visão ampla se quisermos ser bem-sucedidos em nossa profissão. A troca de ideias e um conjunto de noções múltiplas e cruzadas sempre oferecem um interesse extraordinário." (*O vale do terror*)

"Em cada um de nós se esconde uma pequena chama de imortalidade." (*O Signo dos Quatro*)

"A maior prova da grandeza do homem está na percepção da sua própria pequenez." (*O Signo dos Quatro*)

O VALE DO TERROR

Primeira parte

A tragédia de Birlstone

Capítulo 1

O AVISO

Estou propenso a pensar... — comecei.

— E eu também! — observou Sherlock Holmes, bruscamente.

Acredito que sou um dos mortais mais pacientes, mas devo admitir que o sentido irônico daquela interrupção não me agradou.

— Indiscutivelmente, Holmes — declarei rispidamente —, em certas ocasiões você consegue ser irritante.

Ele estava muito absorto em suas reflexões e não deu resposta imediata a minha reclamação. Nem sequer havia tocado no café da manhã. Apoiado com a mão na mesa, começou a examinar a folha de papel que acabava de tirar do envelope. Em seguida, pegou o próprio envelope, aproximou-o da luz e se pôs a estudar atentamente os dois lados.

— A letra é de Porlock — disse, pensativo. — Tenho quase certeza de que é a letra de Porlock, embora não a tenha visto mais de duas vezes. O *e* grego, com o enfeite no alto, é característico. Se Porlock me envia uma mensagem, ela deve ser extremamente importante.

Falava mais consigo mesmo que comigo, mas minha contrariedade desapareceu, dando lugar à curiosidade que aquelas palavras despertaram em mim.

— Quem é esse Porlock? — perguntei.

— Porlock, Watson, é um pseudônimo, um simples símbolo de identificação. Por trás desse *nom de plume* se dissimula um ser esquivo e astuto. Numa carta anterior ele me informou claramente que não se chama Porlock e me lançou o desafio de descobrir sua identidade. Porlock me interessa muito. Não por sua personalidade, mas por causa do grande homem com quem se encontra em contato. Imagine, Watson: é o peixe-piloto que leva ao tubarão, o chacal que precede o leão. Um anão associado a um gigante. E esse gigante, Watson, não só é formidável, mas é sinistro. Sinistro no mais alto grau. Por isso me ocupo com ele. Já lhe falei do professor Moriarty?

— O célebre criminoso científico, tão conhecido dos indivíduos pouco escrupulosos como...

— Assim vai me fazer corar, Watson — murmurou Holmes, em tom de desaprovação.

— Eu ia dizer "como desconhecido do público".

— Acertou em cheio! — exclamou Holmes. — Você desenvolve neste momento uma veia de humor finória, Watson, contra a qual preciso aprender a me precaver. Mas, ao tratar Moriarty como criminoso, você o difama aos olhos da lei, e aí está a maravilha e o absurdo da história. O maior intrigante de todos os tempos, o organizador de todo o mal que se trama e realiza, o cérebro que controla a escória da sociedade, cérebro que poderia modelar à vontade o destino das nações, este é o homem. Mas ele paira tão acima das suspeitas, e até da crítica, exibe tantos talentos em suas tramoias e sabe retrair-se tão bem que, só pelas palavras que você pronunciou, ele poderia levá-lo ao tribunal e sair dele com uma pensão de um ano como ressarcimento por danos morais. Não é ele o autor renomado de *A dinâmica de um asteroide*, livro que, dizem, não encontrou na imprensa científica ninguém com competência suficiente para criticá-lo? É este um homem que comete delitos? Você seria rotulado como médico difamador e ele saudado como professor caluniado. É um gênio, Watson. Mas, se malfeitores menos importantes me derem o tempo, a nossa hora soará logo.

— Espero estar presente para ver — exclamei com fervor. — Mas fale-me desse Porlock.

— Ah, sim. O suposto Porlock é um elo na corrente, não longe do engate central. Elo que, cá entre nós, não é muito sólido. Até agora, Porlock me parece ser a única falha da corrente.

— Mas a resistência da corrente depende do elo mais fraco.

— Exatamente, caro Watson. Daí a importância considerável que dou a Porlock. Movido por aspirações rudimentares ao bem e encorajado pelo incentivo prudente de uma nota de dez libras que lhe envio de tempos em tempos por meios indiretos, ele me forneceu duas ou três vezes uma informação preciosa, de um valor que permite antecipar e impedir o crime em vez de vingá-lo. Estou seguro de que, se tivéssemos o seu código, descobriríamos que sua mensagem é dessa natureza.

Holmes desdobrou o papel sobre seu prato. Levantei-me e, passando a cabeça por cima de seu ombro, examinei a inscrição curiosa que aqui está:

534 C2 13 127 36 31 4 17 21 41
DOUGLAS 109 293 5 37 BIRLSTONE
26 BIRLSTONE 9 127 171

— O que isso significa, Holmes?

— É evidentemente uma tentativa para fazer que uma informação chegue a mim.

— Mas para que serve uma mensagem cifrada se você não tem o código?

— Neste caso preciso, a mensagem não me serve absolutamente para nada.

— Por que diz "neste caso preciso"?

— Porque há muitas mensagens cifradas que eu poderia ler tão facilmente como leio os anúncios dos jornais. Esse tipo de enigmas distrai a inteligência sem fatigá-la. Mas aqui me encontro diante de algo diferente. Trata-se, claramente, de uma referência a palavras de uma página de certo livro. Enquanto não souber qual é esse livro e qual é essa página, não poderei fazer nada.

— Mas por que "Douglas" e "Birlstone"?

— Com toda evidência, porque essas palavras não se encontravam na página utilizada.

— Então, por que ele não indicou o título do livro?

— Sua perspicácia natural, caro Watson, assim como a astúcia inata que é a alegria de seus amigos, certamente o proibiria de incluir o código e a mensagem no mesmo envelope. Se o seu bilhete se enganasse de destinatário, você estaria perdido. Segundo o método de Porlock, seria preciso que tanto a mensagem quanto o código se enganassem de destinatário, o que seria uma coincidência surpreendente. A segunda correspondência não vai demorar. Ficarei surpreso se ele não nos mandar uma carta de explicação ou, mais provavelmente, o volume ao qual estes algarismos se referem.

As previsões de Holmes se revelaram exatas. Alguns minutos mais tarde, Billy, o criado, veio trazer-nos a carta que esperávamos.

— A mesma letra — observou Holmes, ao abrir o envelope. — E desta vez assinada — acrescentou com uma voz triunfante, ao desdobrar a folha de papel. — Estamos avançando, Watson.

Mas, quando leu as linhas que ela continha, sua fronte se franziu.

— Meu Deus, é decepcionante. Receio, Watson, que nossas expectativas sejam frustradas. O nosso homem não nos servirá para nada.

Ele leu a carta em voz alta.

> Prezado sr. Holmes,
>
> Não me arrisco mais neste caso. É muito perigoso. Ele suspeita de mim. Adivinho que suspeita de mim. Veio ver-me de improviso, quando eu já tinha escrito este envelope com a intenção de fazer-lhe chegar a chave da mensagem cifrada. Consegui escondê-lo. Se ele o tivesse visto, eu estaria em maus lençóis. Mas li em seus olhos que desconfia de mim. Peço-lhe que queime a mensagem cifrada, que agora não pode mais lhe ser de nenhuma utilidade.
>
> Fred Porlock.

Holmes permaneceu sentado. Durante alguns instantes, enrolou a carta entre os dedos. Com as sobrancelhas franzidas, olhava o fogo da lareira.

— No fim de contas — disse finalmente —, talvez seja sua consciência culpada que o tenha assustado. Sabendo que é um traidor, imaginou ver a acusação nos olhos do outro.

— O outro é, suponho, o professor Moriarty?

— Ele mesmo. Quando um membro deste bando diz "ele", sabe-se de quem se trata. Há um só "ele" para todos.

— Mas o que ele pode fazer?

— Hum! É uma boa pergunta. Quando você tem contra si um dos maiores cérebros da Europa e todas as forças do mal à disposição, as possibilidades são infinitas. Em todo caso, o amigo Porlock está muito assustado. Compare a letra do bilhete com a do envelope, que foi redigido, ele nos disse, antes da visita inesperada. O endereço foi escrito com mão firme. O bilhete é quase ilegível.

— Por que o escreveu? Podia simplesmente ter ficado quieto.

— Teve medo de que seu silêncio súbito me incitasse a fazer uma pequena investigação e lhe trouxesse problemas.

— Tem razão.

Peguei a mensagem cifrada para examiná-la com cuidado.

— Naturalmente, é humilhante pensar que um segredo importante se esconde neste pedaço de papel e que nenhum poder humano é capaz de elucidá-lo.

Sherlock Holmes empurrou para o lado seu café da manhã, em que nem sequer havia tocado, e acendeu o cachimbo malcheiroso que acompanhava de ordinário suas reflexões mais profundas.

— Isso me espantaria — disse ele, encostando-se em sua poltrona e erguendo os olhos para o teto. — Talvez alguns detalhes tenham escapado a seu espírito maquiavélico. Consideremos o problema pelo ângulo da razão pura. Esse homem se refere a um livro. É esse o nosso ponto de partida.

— Muito vago.

— Vejamos em todo caso se não podemos delimitá-lo. Depois que me concentro, o problema me parece menos insolúvel. Que indicações possuímos sobre esse livro?

— Nenhuma.

— Ora, ora, Watson, você é muito pessimista. A mensagem cifrada começa por 534, não é? Admitamos como hipótese de base que 534 seja a página de um livro. Nosso livro se torna um livro grosso, o que já é um progresso. Que outras indicações possuímos quanto à natureza desse livro grosso? O símbolo seguinte é C2. O que pensa do C2, Watson?

— Capítulo segundo, sem dúvida.

— É difícil, Watson. Você há de convir que, como a página foi indicada, o número do capítulo não tem a menor importância. Além disso, se a página 534 pertence ao segundo capítulo, o comprimento do primeiro desafiaria qualquer imaginação.

— Coluna! — exclamei.

— Brilhante, Watson! Está soltando chispas esta manhã. Se não for coluna, minha decepção será grande. Você vê que já podemos nos representar um livro grosso, impresso em duas colunas, cada uma delas com uma extensão considerável, pois uma das palavras tem em nosso documento o número 293. Atingimos os limites do que a razão pode nos oferecer?

— Receio que sim.

— Você é injusto consigo mesmo. Esprema um pouco mais seu cérebro, caro Watson. Faça mais um esforço mental. Se o volume de referência não fosse de uso comum, ele o teria enviado. Li que tinha a intenção, antes que seus projetos fossem atrapalhados por "ele", de me enviar a chave do enigma neste envelope. É o que ele diz no bilhete. O que pareceria indicar que se trata de um livro que devo poder encontrar sem dificuldade. Um livro que ele possui e que acredita que eu também possuo. Portanto, Watson, é um livro muito comum.

— O que você diz é, certamente, plausível.

— Nosso campo de pesquisa se limita, por conseguinte, a um livro grosso, impresso em duas colunas e de uso comum.

— A Bíblia! — exclamei, vitoriosamente.

— É um bom palpite, Watson. Mas ainda não o suficiente, se me permite dizer. A Bíblia não me parece ser o livro de cabeceira de um comparsa de Moriarty. Além disso, há tantas edições da Bíblia que meu correspondente não teria certeza de que nossos dois exemplares tivessem a mesma paginação. Não, trata-se de um livro padronizado. Porlock tem certeza de que sua página 534 corresponde exatamente à minha página 534.

— O que reduz o campo.

— De fato. Aí reside nossa salvação. Nossa pesquisa se orienta para os livros padronizados que qualquer pessoa possui em casa.

— O guia das ferrovias!

— Essa explicação apresenta dificuldades, Watson. O vocabulário do guia das ferrovias é vivo e conciso, porém limitado. As palavras que nele figuram dificilmente se prestariam à confecção de uma mensagem corrente. Eliminemos o guia. O dicionário também deve ser rejeitado, creio, pelo mesmo motivo. O que nos resta então?

— Um almanaque.

— Excelente, Watson. Eu ficaria surpreso se você não acertasse em cheio. Um almanaque! Examinemos o *Almanaque Whitaker's*. É de uso comum. Tem o número de páginas requerido. É impresso em duas colunas. Embora tenha um vocabulário limitado no início, torna-se, se bem me lembro, rico em termos expressivos no fim.

Ele apanhou o livro, que estava em sua escrivaninha.

— Aqui está a página 534, segunda coluna. Vejo um texto grande sobre o comércio e os recursos da Índia britânica. Escreva as palavras, Watson. O número 13 é "Mahratta". Hum! Este início não me diz nada. O número 127 é "governo", o que pelo menos é razoável, mas não tem nada a ver conosco e o professor Moriarty. Vamos em frente. O que o "governo Mahratta" faz? Ora essa! A expressão seguinte é "cerdas de porco". É o fim, caro Watson. Não deu em nada.

Ele havia adotado um tom de brincadeira, mas certa deformação de suas sobrancelhas espessas revelava sua amargura e irritação. Desanimado, sentei-me junto à lareira. O silêncio prolongado que se seguiu foi interrompido bruscamente por uma exclamação de Holmes. Ele se precipitou para o armário, de onde tirou um segundo volume grosso de capa amarela.

— Fomos punidos, Watson, por estarmos demasiadamente em dia — exclamou. — Estamos adiantados em relação ao tempo e temos de pagar o preço. Estamos em 7 de janeiro e, naturalmente, compulsamos o almanaque novo. Mas é mais que provável que Porlock tenha extraído sua mensagem do do ano passado, o que nos teria informado se tivesse escrito sua carta de explicações. Vejamos o que nos reserva a página 534. Número 13: "Um". Ah, parece que é mais promissor! O número 127 é "perigo".

Os olhos de Holmes brilhavam de excitação. Seus dedos finos e nervosos se crispavam enquanto contava as palavras.

— Ah, fantástico, Watson! "Um perigo..." Vá escrevendo, Watson! "Há... um... perigo... iminente... que... ameaça... a... sério..." Aqui temos "Douglas". "Rico... proprietário... atualmente... em... Birlstone... Mansão... Birlstone... Certeza... perigo... premente." Aí está, Watson. O que pensa da razão pura? Se o verdureiro vendesse alguma coisa parecida com uma coroa de louros, eu mandaria Billy comprá-la.

Reli a mensagem estranha que havia rabiscado numa folha de papel enquanto Holmes a decifrava num bloco de papel apoiado sobre o joelho.

— Que modo complicado de se expressar! — suspirei.

— Ao contrário — disse Holmes —, Porlock agiu de maneira notável. Se você procurar numa só coluna as palavras destinadas a exprimir seu pensamento, dificilmente encontrará todas. Será obrigado a deixar algo à iniciativa do destinatário. Aqui o significado é perfeitamente claro. Um plano diabólico está sendo tramado contra um tal de Douglas, que é, sem dúvida, um rico proprietário residente em Birlstone. Porlock está certo (ele pôs "certeza" porque não encontrou "certo" em sua coluna) de que o perigo é iminente. Este é o nosso resultado, e nos entregamos a uma verdadeira pequena obra-prima de análise.

Holmes exibia a alegria impessoal do verdadeiro artista diante do seu melhor trabalho. Ele a experimentava sempre, mesmo quando se lamentava da mediocridade do trabalho que lhe era imposto. Ainda estava com o sorriso nos lábios quando Billy abriu a porta e introduziu na sala o inspetor MacDonald, da Scotland Yard.

Isso aconteceu no início de 1889. Naquela época Alec MacDonald não tinha adquirido a reputação nacional que possui hoje. Era apenas um jovem detetive oficial cheio de dinamismo que já se havia distinguido em diversos casos. Sua figura alta e ossuda permitia intuir nele uma força física excepcional. Seu crânio desenvolvido, seus olhos brilhantes e profundamente enterrados nas órbitas atestavam também a inteligência aguda que se manifestava por trás das sobrancelhas espessas. Era um rapaz taciturno, preciso, de uma austeridade natural e com forte sotaque de Aberdeen.

Por duas vezes Holmes o ajudara a ser bem-sucedido, não aceitando como recompensa senão o prazer intelectual de ter resolvido um pequeno problema, o que explicava o respeito e a afeição que o escocês votava a seu colega amador. Consultava Holmes cada vez que se encontrava em dificuldade. A mediocridade não admite nada superior a ela, mas o talento reconhece o gênio no mesmo instante. MacDonald dispunha de um talento profissional suficiente para não sentir nenhuma humilhação em buscar a assistência de um detetive com dons e experiência incomparáveis. Holmes não fazia amizades facilmente, mas simpatizava com o grande escocês e sorriu ao vê-lo entrar.

— É um pássaro madrugador, sr. Mac — disse ele. — Desejo-lhe uma boa caçada de vermezinhos. Mas receio que sua visita tão cedo indique algo de ruim em algum lugar.

— Se tivesse dito "espero" em vez de "receio", estaria mais perto da verdade, sr. Holmes — respondeu o inspetor, com o sorriso de um psicólogo. — Obrigado, não fumo. É preciso que me ponha logo a caminho, pois as primeiras horas de um caso são as mais proveitosas, como sabe muito bem. Mas... mas...

O inspetor parou de repente. Vira o papel no qual eu havia transcrito a mensagem enigmática. E o contemplava atônito.

— Douglas! — balbuciou. — Birlstone! O que isso quer dizer, sr. Holmes? É bruxaria pura. Em nome de tudo o que é sagrado, onde obteve esses nomes?

— É uma mensagem em código que o dr. Watson e eu tivemos a oportunidade de decifrar. Mas o que o perturba, em relação a esses nomes?

O inspetor olhava para nós com espanto.

— Simplesmente isto, sr. Holmes — respondeu. — Um tal de sr. Douglas, da Birlstone Manor House, foi assassinado horrivelmente esta manhã.

Capítulo 2

Sherlock Holmes se explica

Era para esse tipo de instantes dramáticos que meu amigo existia. Seria exagero dizer que uma informação tão extraordinária o escandalizaria ou comoveria. Absolutamente desprovido de crueldade, ele, no entanto, se endurecera de tanto viver no sensacional. Mas, se suas emoções estavam embotadas, sua inteligência havia conservado a agilidade excepcional. Em seu rosto não li nada do horror que senti com essa declaração. Ao contrário, descobri em seu lugar a expressão calma e interessada do químico que vê os cristais se decantando numa solução saturada em excesso.

— Notável! — disse ele. — Notável!

— Não parece surpreso.

— Interessado? Sim, sr. Mac. Surpreso? Não muito. Por que estaria surpreso? Recebo uma comunicação anônima de uma fonte que conheço avisando-me que um perigo ameaça certa pessoa. Na hora seguinte fico sabendo que esse perigo se materializou e que a pessoa está morta. Portanto, estou interessado, como vê, mas não estou surpreso.

Em poucas palavras Holmes explicou ao inspetor os fatos relativos à carta e ao código. MacDonald sentou-se com o queixo apoiado nas mãos e as grossas sobrancelhas ruivas franzidas num emaranhado de peles amarelas, e o ouvia absorto.

— Preparei-me para descer esta manhã a Birlstone — disse ele. — Passei por aqui para perguntar se gostaria de ir comigo. Mas, depois do que me disse, pergunto-me se não faríamos um trabalho melhor em Londres mesmo.

— Não acho — disse Holmes.

— Veja, sr. Holmes! — exclamou o inspetor. — Amanhã e depois de amanhã os jornais só falarão do mistério de Birlstone. Mas onde está o mistério, se em Londres alguém previu o crime antes que fosse cometido? Botemos a mão no colarinho desse profeta e o resto será fácil.

— Sem dúvida, sr. Mac. Mas como pretende botar a mão no colarinho desse tal de Porlock?

MacDonald virou o envelope que Holmes lhe passara.

— Colocado no correio em Camberwell. O que não nos ajuda muito. O nome, o senhor declarou, é falso. Nossa base de partida é pequena. O senhor não disse que lhe mandou dinheiro?

— Duas vezes.

— De que forma?

— Em cédulas enviadas à agência de correio de Camberwell.

— E nunca se interessou em saber quem vinha retirá-las?

— Não.

O inspetor pareceu surpreso e um pouco chocado.

— Por que não?

— Porque sempre cumpro a palavra. Quando ele me escreveu pela primeira vez, prometi que não tentaria seguir sua pista.

— Acha que há alguém por trás dele?

— Não acho. Sei.

— O professor de que me falou?

— Exatamente.

O inspetor MacDonald sorriu e piscou para mim.

— Não lhe ocultarei, sr. Holmes, que na Yard achamos que o senhor exagera um pouco a respeito desse professor. Procedi a algumas investigações por conta própria, e tudo indica que se trata de um homem respeitável, erudito e cheio de talentos.

— Estou feliz que tenha mencionado seus talentos.

— Meu caro, não podemos deixar de reconhecê-los. Depois de ouvi-lo expressar seu ponto de vista, não sosseguei enquanto não fui visitá-lo. Conversei com ele sobre os eclipses. Não me lembro como enveredamos por esse assunto, mas com um refletor e um globo terrestre ele me explicou tudo num minuto. Emprestou-me um livro, e não me envergonho de dizer que era um pouco difícil para mim, embora eu tenha recebido uma boa instrução em Aberdeen. Poderia ser um bom sacerdote, com seu rosto sem barba, os cabelos grisalhos e a linguagem um tanto solene. Quando me pegou pelo ombro no momento em que nos separamos, diria que é um pai abençoando o filho que parte para um mundo frio e cruel.

Holmes deu uma risada e esfregou as mãos.

— Maravilhoso! — disse. — Estupendo! Diga-me, amigo MacDonald, essa entrevista agradável e comovente ocorreu, suponho, no escritório do professor.

— Precisamente.

— Uma bela sala, não é?

— Muito bela. Ou melhor, muito elegante, sr. Holmes.

— Estava sentado em frente de sua mesa?

— Sim.

— Com o sol batendo em seus olhos e o rosto dele no escuro?

— Era de noite, porém me lembro de que a lâmpada estava virada para o meu lado.

— Naturalmente. Observou um quadro acima da cabeça do professor?

— É difícil que alguma coisa me escape, sr. Holmes. Talvez tenha adotado esse hábito com suas lições. Sim, vi o quadro: uma jovem com a cabeça apoiada nas mãos, olhando-nos com o canto dos olhos.

— O quadro é um Greuze.

O inspetor se esforçou para parecer interessado.

— Jean-Baptiste Greuze — prosseguiu Holmes, juntando as pontas dos dedos e se encostando na cadeira — é um pintor francês cuja carreira se situa entre 1750 e 1800. A crítica moderna confirmou em seu conjunto o julgamento lisonjeiro que seus contemporâneos faziam dele.

Os olhos do inspetor se descontraíram.

— Não seria melhor... — começou ele.

— Tudo o que lhe digo — interrompeu Holmes — tem relação vital e direta com o que chamou de mistério de Birlstone. Estamos, realmente, no centro do mistério.

MacDonald esboçou um sorriso sem graça e me lançou um olhar aflito.

— O senhor pensa rápido demais para minhas possibilidades, sr. Holmes. Salta sempre um elo ou dois e não consigo preencher os vazios. Como diabo há relação entre esse pintor do século passado e o caso de Birlstone?

— Um detetive deve conhecer tudo — observou Holmes. — A notícia banal de que em 1865 um quadro de Greuze, intitulado *La Jeune Fille à l'Agneau*, alcançou nada menos que quatro mil libras no leilão de Portalis pode dar início a uma série de reflexões em sua mente.

As palavras de Holmes produziram seu efeito. O inspetor coçou a cabeça.

— Posso lembrar-lhe — prosseguiu Holmes — que o salário do professor Moriarty pode ser verificado facilmente, pois figura em várias fontes confiáveis. É de setecentas libras ao ano.

— Então, como conseguiu comprar o quadro?

— Aí está. Como conseguiu?

— Isso é surpreendente — disse o inspetor, que agora demonstrava vivo interesse. — Gosto de ouvi-lo falar, sr. Holmes. É maravilhoso.

Holmes sorriu. Ele sempre se emocionava com a admiração sincera, característica do verdadeiro artista.

— O que aconteceu em Birlstone? — indagou.

— Ainda temos tempo — disse o inspetor, olhando seu relógio. — Um cabriolé me espera à porta e estaremos na estação Vitória em menos de vinte minutos. Mas, a respeito desse quadro, disse-me certa vez, sr. Holmes, que nunca se havia encontrado com o professor Moriarty.

— Eu nunca me encontrei com ele.

— Então, como conhece seu escritório?

— Ah, essa é outra história. Fui três vezes à casa dele. Duas vezes o esperei sob pretextos diversos e fui embora antes que voltasse. Uma vez... Bem, tenho certo escrúpulo em me confessar a um detetive oficial. Em suma, foi dessa vez que tomei a liberdade de remexer seus papéis, com um resultado completamente imprevisto.

— Encontrou alguma coisa que o comprometesse?

— Absolutamente nada. E foi isso que me desconcertou. O senhor vê a importância do detalhe do quadro. Deixa claro que o professor é muito rico. Como adquiriu sua fortuna? Ele não é casado. Seu irmão mais novo é chefe de estação no oeste da Inglaterra. Sua cátedra lhe rende setecentas libras por ano. E ele possui um Greuze.

— E então?

— A dedução me parece simples.

— Quer dizer que ele tem uma renda enorme e deve obtê--la de maneira ilegal?

— Exatamente. Essa opinião, evidentemente, se baseia somente no Greuze. Disponho de dezenas de fios tênues e todos me conduzem mais ou menos para o centro da teia em que se aninha essa criatura venenosa e imóvel. Mencionei o Greuze unicamente porque se situa nos limites de sua própria observação.

— Bem, sr. Holmes, admito que o que diz é interessante. É mais que interessante: simplesmente cativante. Mas, se fosse possível, gostaria que se expressasse mais claramente. De onde vem esse dinheiro? De fraudes, de moeda falsa, de assaltos?

— Já leu alguma coisa sobre Jonathan Wild?

— Esse nome me diz alguma coisa. Não seria um personagem de romance? Não faço coleção de romances policiais, o senhor sabe. Os detetives sempre fazem maravilhas, mas nunca explicam como o conseguem.

— Jonathan Wild não era detetive, nem herói de romance. Era um criminoso consumado. Viveu no século passado, por volta de 1750.

— Então não me serviria para nada. Sou um homem prático.

— Sr. Mac, a coisa mais prática que poderia fazer em sua vida seria trancar-se durante três meses e ler os anais do crime doze horas por dia. Tudo se repete, inclusive o professor Moriarty. Jonathan Wild era a força secreta dos criminosos de Londres, aos quais vendia seu cérebro e seus talentos de organizador mediante uma comissão de quinze por cento. A velha roda gira e o mesmo raio reaparece. Tudo já foi feito e tudo ainda será feito. Eu lhe contarei duas ou três coisas sobre Moriarty que talvez lhe interessem.

— Isso me interessa, e muito.

— Sei quem é o primeiro elo em sua corrente. Uma corrente com esse Napoleão do mal numa ponta e na outra cem assassinos, batedores de carteira, chantagistas e trapaceiros. Entre as duas extremidades, todas as variedades do crime. O chefe de seu estado-maior é o coronel Sebastian Moran, bem situado socialmente, tão reservado e intocável aos olhos da lei como o próprio professor. Quanto ele lhe paga, em sua opinião?

— Gostaria de saber.

— Seis mil libras por ano. É o que se chama pagar o cérebro, segundo o princípio americano dos negócios. Soube desse detalhe por acaso. O coronel Moran ganha mais que o primeiro-ministro. Isso lhe dá uma ideia dos ganhos de Moriarty e da escala em que trabalha. Outro ponto. Dei-me ao trabalho recentemente de seguir a pista de alguns cheques de Moriarty. Unicamente cheques inocentes, com os quais paga as contas de sua casa. Eram de seis bancos diferentes. Esse detalhe não o impressiona?

— É curioso, sem dúvida alguma. Mas o que deduz disso?

— Que ele não quer que falem de sua fortuna. Ninguém deve saber quanto ele possui. Estou quase certo de que tem vinte contas em banco e de que a maior parte de sua fortuna está no exterior, no Crédit Lyonnais ou no Deutsche Bank. Se tiver alguns meses a perder, recomendo-lhe que estude o professor Moriarty.

O interesse do inspetor MacDonald ia aumentando à medida que a conversa avançava. Estava literalmente fascinado. Mas logo seu senso prático escocês o trouxe de volta ao assunto do momento.

— Por enquanto, ele pode esperar — exclamou. — O senhor nos desviou do caminho com suas histórias curiosas, sr. Holmes. O que realmente conta é sua convicção de que existe uma relação entre o professor e o crime. E o fato de que recebeu um aviso desse tal de Porlock. Não poderíamos ir praticamente mais longe?

— Podemos formar uma ideia sobre os motivos do crime. O senhor disse que esse crime era inexplicável, ou pelo menos incompreensível até agora. Então, supondo que na origem do crime esteja quem suspeitamos, pode haver dois motivos. Em primeiro lugar, devo dizer-lhe que Moriarty dirige seu mundo com mão de ferro. Impõe uma disciplina terrível. Seu código penal comporta apenas um castigo: a morte. Podemos então supor que a vítima, Douglas, cujo destino iminente era conhecido de um dos subordinados do arquicriminoso, traíra o chefe. O castigo veio, e a publicidade feita em torno de sua morte incutirá um medo salutar em todo o bando.

— É uma possibilidade, sr. Holmes.

— A outra é que o crime foi montado por Moriarty com a intenção de lucro, como tantos outros, no curso normal de suas atividades. Houve algum roubo?

— Não ouvi dizer.

— Se houve roubo, isso iria contra a minha primeira hipótese e seria a favor da segunda. Moriarty pode ter planejado esse crime com uma promessa de divisão do saque, ou pode ter sido pago para organizá-lo. As duas eventualidades são possíveis. Em todo caso, e mesmo admitindo que haja uma terceira explicação, é em Birlstone que devemos buscar a solução. Conheço nosso homem muito bem para pensar que tenha deixado aqui alguma coisa que nos leve a sua pista.

— Vamos então a Birlstone — exclamou MacDonald, pulando da cadeira. — Meu Deus! É mais tarde do que eu imaginava. Senhores, posso conceder-lhes cinco minutos para seus preparativos, nem um segundo a mais.

— É mais do que suficiente para nós dois — declarou Holmes, trocando o roupão pelo casaco. — Durante a viagem, sr. Mac, eu lhe pediria que me contasse tudo o que sabe.

Esse "tudo" eram na verdade poucas coisas, porém o suficiente para despertar o interesse do grande detetive. Ao ouvir os escassos mas notáveis pormenores que MacDonald lhe comunicou, ele esfregou as mãos, e seu rosto adquiriu um pouco de cor. Acabávamos de viver algumas semanas particularmente estéreis. Encontrávamo-nos finalmente diante de um mistério digno de suas qualidades excepcionais. Na inação, Holmes sentia seu cérebro embotar-se.

Em compensação, seus olhos brilhavam e todo o seu rosto se iluminava com uma chama interior quando o trabalho o chamava. Inclinado para a frente no cabriolé, prestou muita atenção no resumo que MacDonald lhe fez do problema que o esperava em Sussex. O próprio inspetor fora informado, como nos explicou, por um curto bilhete rabiscado às pressas trazido pelo primeiro trem da manhã. O funcionário local da polícia, White Mason, era seu amigo pessoal, e esse era o motivo pelo qual MacDonald fora avisado com mais rapidez do que ocorre de hábito na Scotland Yard quando os agentes do interior precisam da assistência da polícia central. Geralmente é sobre uma pista fria que o especialista metropolitano é solicitado a atuar. A carta que ele nos leu dizia:

> Prezado inspetor MacDonald, a requisição oficial de seus serviços se encontra num envelope à parte. Este bilhete é somente para o senhor. Telegrafe-me a hora do trem que tomará esta manhã para Birlstone, e irei ao seu encontro ou mandarei recebê-lo se estiver muito ocupado. Trata-se de um problema que vai nos dar muito trabalho. Não perca um minuto. Venha imediatamente. Se puder trazer o sr. Holmes, não hesite, pois ele encontrará um caso ao seu gosto. Eu pensaria que tudo foi montado para obter um efeito teatral, se não houvesse um cadáver no meio da cena. Garanto-lhe que tudo é muito complicado.

— Seu amigo parece não ser nada bobo — observou Holmes.

— De fato, senhor, White Mason é muito dinâmico.

— Bom. Tem mais alguma coisa?

— Não. Ele nos comunicará todos os detalhes assim que chegarmos.

— Então, como soube que o sr. Douglas foi assassinado horrivelmente?

— Estava no relatório oficial. Com exceção da palavra "horrivelmente", que não faz parte do vocabulário oficial. O relatório citava o nome de John Douglas e mencionava que havia sido morto por uma bala na cabeça. Indicava também a hora em que o alarme foi dado. Pouco antes da meia-noite passada. Acrescentava que se tratava indubitavelmente de um assassinato, mas que nenhuma prisão havia sido feita e que o caso apresentava alguns aspectos confusos e extraordinários. É tudo o que possuímos por enquanto, sr. Holmes.

— Então, com sua permissão, sr. Mac, deixemos as coisas como estão. A tentação de formar teorias prematuras sobre informações insuficientes é o mal da nossa profissão. Por enquanto, vejo apenas duas certezas: um grande cérebro em Londres e um cadáver em Sussex. Falta descobrir o elo que os une.

Capítulo 3

A TRAGÉDIA DE BIRLSTONE

E agora peço licença para me retirar por algum tempo da cena e descrever os acontecimentos tais como ocorreram antes de nossa chegada, à luz das informações que colhemos no local. Assim, o leitor poderá ter uma ideia dos personagens do drama e do cenário em que eles evoluíram.

A vila de Birlstone é um aglomerado pequeno e muito antigo de chalés de madeira e tijolos na fronteira norte do condado de Sussex. Durante séculos não havia mudado de aspecto, mas nos últimos anos sua aparência pitoresca atraiu moradores abastados, cujas casas de campo surgiram por entre os bosques ao seu redor. Esses bosques, dizem na região, seriam o limite extremo da grande floresta de Weald, que se vai reduzindo até as dunas calcárias do norte. Algumas lojas pequenas foram abertas para atender às necessidades de uma população cada vez maior. É possível, portanto, que Birlstone se torne uma cidade moderna um dia. É em todo caso o centro de uma vasta região, pois Tunbridge Wells, o lugar mais importante e mais próximo, encontra-se a 20 quilômetros a leste, nas proximidades de Kent.

A oitocentos metros do aglomerado, a antiga Mansão de Birlstone se ergue num velho parque, famoso por suas faias enormes. Parte desse edifício venerável remonta ao tempo da primeira cruzada, quando Hugo Capeto edificou uma fortaleza no centro do domínio que lhe fora concedido pelo rei Vermelho. Um incêndio a destruiu em 1543. Algumas de suas pedras angulares, enegrecidas pela fumaça, foram usadas quando, no tempo de Jaime I, uma casa de campo de alvenaria emergiu das ruínas do castelo feudal.

A mansão, com seus numerosos frontões e suas pequenas janelas com vidraças em forma de losango, era quase a mesma que seu construtor deixou no início do século XVII. Dos dois fossos que haviam protegido os antigos proprietários, o externo fora esvaziado e destinado à função menos estratégica de horta. O interno ainda existia e tinha um metro e vinte de largura ao redor da casa, mas sua profundidade não excedia um metro. Um pequeno regato o alimentava e prosseguia além, para que a extensão de água, embora turva, nunca fosse insalubre como a água de um fosso. As janelas do andar térreo se abriam 30 centímetros acima de sua superfície.

O único acesso à mansão era uma ponte levadiça, cujas correntes e guindaste se haviam enferrujado e quebrado havia muito tempo. Os ocupantes atuais, porém, haviam tomado a decisão de mandá-la consertar. Era levantada cada noite e baixada cada manhã. Essa restauração de um costume feudal transformava a mansão numa ilha durante a noite, metamorfose que teve relação direta com o mistério que ia apaixonar a opinião de toda a Inglaterra.

A casa não fora habitada por alguns anos e ameaçava desabar quando os Douglas tomaram posse dela. A família se limitava a duas pessoas: John Douglas e sua mulher. Douglas era um homem notável, tanto pelo caráter quanto pela personalidade. Podia contar uns 50 anos. Tinha maxilares salientes, traços rudes, bigode grisalho, olhos cinza particularmente penetrantes, um físico robusto e um ar viril. Era alegre e cordial com todos, porém um tanto descuidado em suas maneiras, dando a impressão de que tinha até então vivido em camadas sociais claramente inferiores à sociedade do condado de Sussex.

Acolhido com certa curiosidade e reserva pelos vizinhos mais cultos, logo adquiriu grande popularidade entre os moradores da vila. Contribuía generosamente com todos os eventos locais, comparecia a todos os concertos em que era permitido fumar e a outros entretenimentos, durante os quais, como era dotado de excelente voz de tenor, estava sempre disposto a satisfazer os pedidos dos participantes com uma boa canção. Parecia ser muito rico e diziam que havia feito fortuna nas minas de ouro da Califórnia. Em todo caso, bastava ouvi-lo falar para ter certeza de que passara parte de sua vida na América.

A impressão favorável causada por sua generosidade e seus costumes democráticos aumentou ainda mais quando demonstrou sua indiferença ao perigo. Embora fosse péssimo cavaleiro, estava presente em todas as reuniões hípicas e sofria as quedas mais impressionantes em sua determinação de ser sempre melhor. Quando a casa paroquial pegou fogo, distinguiu-se também pela coragem com que entrou no edifício para salvar os objetos mais preciosos depois que os bombeiros locais já haviam desistido. Foi assim que John Douglas conquistou ótima reputação em menos de cinco anos em Birlstone.

Sua mulher era igualmente apreciada por suas amigas e conhecidas. Suas relações eram poucas e espaçadas, pois o costume inglês reprovava as visitas feitas sem apresentação a estranhos que se instalavam no condado. Mas seu pequeno número era suficiente para uma dona de casa naturalmente reservada, que consagrava muito tempo, segundo as aparências, ao marido e aos trabalhos domésticos. Sabia-se que essa dama inglesa conhecera o sr. Douglas em Londres, quando era viúvo. Era muito bonita, alta, morena e esbelta, vinte anos mais jovem que o marido. Essa diferença de idade não parecia atrapalhar em nada seu entendimento.

Os mais próximos observaram, todavia, que a confiança entre eles talvez não fosse completa, pois a esposa se mostrava sempre muito discreta sobre o passado do marido, como se não o conhecesse bem. Alguns observadores mais atentos notaram igualmente que às vezes a sra. Douglas dava sinais de nervosismo e ansiedade toda vez que o marido voltava mais tarde que o previsto. Numa cidadezinha tranquila, onde todos os mexericos são recebidos como distração agradável, esse ponto fraco da senhora do castelo havia sido objeto de diversos comentários, que se tornaram maiores quando os acontecimentos lhe deram um significado especial.

Havia ainda alguém que vivia na mansão, de maneira esporádica, é verdade, mas cuja presença na época da tragédia suscitou muitas controvérsias no público. Era Cecil James Barker, de Hales Lodge, Hampstead.

A figura alta e desajeitada de Cecil Barker era familiar a toda a vila de Birlstone, pois vinha frequentemente à mansão, onde era sempre tratado com deferência. Diziam que era a única testemunha do passado desconhecido do sr. Douglas que este admitira em sua nova residência. Barker era incontestavelmente inglês, mas sua linguagem mostrava que conhecera Douglas na América e fizera com ele uma amizade sólida. Parecia ser homem de fortuna considerável, e diziam que era solteiro.

Um pouco mais jovem que Douglas, não devia ter mais de quarenta e cinco anos. Alto e ereto, tinha os ombros largos e não usava barba, nem suíças, nem bigode. Era pesado e forte como um boxeador profissional, tinha sobrancelhas pretas e, sobretudo, um par de olhos negros dominadores que podiam, mesmo sem a ajuda das mãos, abrir caminho numa multidão hostil. Não montava a cavalo e não caçava. Passava os dias andando pela velha vila, com o cachimbo na boca, ou compartilhando um carro com seu anfitrião, ou, em sua ausência, com a anfitriã, percorrendo o campo. "Um cavalheiro despreocupado e generoso", segundo Ames, o mordomo. "Mas, palavra, não gostaria de tê-lo como inimigo!" Era cordial com Douglas e com sua mulher. Mas essa amizade pareceu irritar mais de uma vez o marido. Em todo caso, foi o que os domésticos perceberam.

Esse era o terceiro personagem presente no local no dia da catástrofe. Quanto aos outros moradores da mansão, mencionaremos somente o cerimonioso, respeitável e eficiente Ames, assim como a sra. Allen, saudável e alegre, que ajudava a dona da casa em algumas tarefas. Os outros seis domésticos não tinham nada a ver com os acontecimentos da noite de 6 de janeiro.

O alarme foi dado às quinze para a meia-noite no pequeno

posto policial local, onde o sargento Wilson, da polícia de Sussex, estava de serviço. O sr. Cecil Barker, muito agitado, batera com todas as forças à porta e tocara furiosamente a campainha. Na mansão havia ocorrido uma tragédia terrível: o sr. John Douglas fora assassinado. Essa foi em substância a sua mensagem. Logo depois de a ter transmitido, voltou a toda pressa à mansão. O sargento de polícia chegara à cena do crime pouco depois da meia-noite. Nesse meio tempo avisara as autoridades do condado.

O sargento encontrou a ponte levadiça abaixada, as janelas iluminadas e toda a casa num estado indescritível de confusão e pânico. Os domésticos, lívidos, apertavam-se uns contra os outros no *hall* de entrada, enquanto o mordomo, apavorado, torcia as mãos no limiar. Só Cecil Barker parecia senhor de si e de suas emoções. No *hall*, abrira a porta mais próxima da entrada e convidara o sargento a segui-lo. No mesmo momento chegara o dr. Wood, médico da vila, homem ativo e sério. Os três entraram juntos na sala do drama. O mordomo os seguiu e fechou cuidadosamente a porta atrás de si, a fim de que as criadas não vissem o espetáculo lamentável.

A vítima estava deitada de bruços, com os membros estendidos, no centro do gabinete. Vestia apenas um roupão rosado, que cobria o pijama, e calçava chinelos. O médico se ajoelhou junto dele e aproximou a lâmpada que estava sobre a mesa. Bastou-lhe um só olhar para compreender que a vítima não tinha mais necessidade de seus cuidados. John Douglas fora morto de maneira horrível. Uma arma curiosa estava colocada em diagonal em seu peito. Era uma escopeta com o cano duplo serrado a trinta centímetros dos gatilhos. Com toda a evidência, o tiro fora dado à queima-roupa. John Douglas recebera a descarga em pleno rosto e tinha a cabeça destroçada. Os dois gatilhos haviam sido amarrados com arame, para tornar a descarga simultânea mais destruidora.

O policial sentiu-se incapacitado diante da responsabilidade enorme que recaía sobre ele tão repentinamente.

— Ninguém toque em nada antes que meus superiores cheguem — declarou com voz abafada, contemplando, horrorizado, o rosto horrivelmente mutilado da vítima.

— Nada foi tocado até agora — afirmou Cecil Barker. — Posso lhe garantir isso. Tudo está exatamente como encontrei.

— A que hora isso aconteceu? — perguntou o sargento, tirando do bolso a caderneta de anotações.

— Exatamente às onze e meia. Eu ainda não tinha começado a me despir e estava sentado em frente do fogo em meu quarto quando ouvi a detonação. Não foi muito forte. Parecia abafada. Corri para baixo. Suponho que não levei mais de trinta segundos para chegar aqui.

— A porta estava aberta?

— Sim. O pobre Douglas estava estendido tal como o veem. A vela de seu quarto queimava sobre a mesa. Fui eu que acendi a lâmpada um pouco mais tarde.

— Viu alguém?

— Não. Ouvi a sra. Douglas descer as escadas atrás de mim e saí para lhe poupar a imagem triste de seu marido. A sra. Allen, a governanta, acorreu e a levou para cima. Ames chegou e entramos juntos no gabinete.

— Mas ouvi dizer que a ponte levadiça permaneceu erguida a noite toda.

— Permaneceu. Fui eu que a baixei para ir avisá-lo.

— Então, como o assassino conseguiu escapar? Não há lógica alguma. O sr. Douglas deve ter-se suicidado.

— Também pensamos nisso. Mas veja.

Barker afastou a cortina e mostrou que a janela estava totalmente aberta.

— E observe ainda isto.

Ele aproximou a lâmpada do parapeito da janela e iluminou uma mancha de sangue que se parecia com a impressão de uma sola de sapato.

— É evidente que alguém passou por aqui.

— Quer dizer que alguém fugiu atravessando o fosso?

— Exatamente.

— Então, se o senhor chegou ao gabinete menos de meio minuto depois do crime, ele devia estar na água naquele momento.

— Não tenho dúvida alguma sobre isso. Lamento não ter corrido logo até a janela. Mas, como o senhor vê, a cortina a escondia e a ideia não me ocorreu. Naquele momento ouvi os passos da sra. Douglas. Não podia deixá-la entrar aqui. Seria horrível demais para ela.

— Realmente horrível — murmurou o médico, olhando para a cabeça irreconhecível e as marcas atrozes que a rodeavam. — Não vejo ferimento como esse desde o desastre ferroviário de Birlstone.

— Mas espere — observou o sargento de polícia, cujo raciocínio bucólico, um pouco lento, ainda ponderava sobre a janela aberta. — Sua história de um homem quc escapou atravessando o fosso é muito bonita. Mas como fez para entrar na mansão, se a ponte estava suspensa?

— É uma boa pergunta — disse Barker.

— A que hora foi levantada?

— Pouco antes das seis horas — respondeu Ames.

— Ouvi dizer — insistiu o sargento — que é levantada geralmente ao pôr do sol. O que, nesta estação, é mais perto das quatro e meia que das seis horas.

— A sra. Douglas tinha visitas para o chá — explicou Ames. — Eu não podia tocar na ponte antes que os convidados fossem embora. Fui eu que a levantei.

— Então chegamos a isto — disse o sargento. — Se alguém veio do exterior, admitindo que veio, deve ter entrado pela ponte antes das seis horas e se escondido em seguida, pois o sr. Douglas veio a este aposento depois das onze horas.

— É verdade. Todas as noites o sr. Douglas dava a volta pela mansão antes de se deitar, para verificar se todas as luzes estavam apagadas. Foi sua ronda que o trouxe aqui. O homem o esperava e o matou à queima-roupa. Depois fugiu pela janela, abandonando a arma. É pelo menos assim que interpreto a situação, pois não saberia explicá-la de outro modo.

O sargento apanhou um cartão que estava no soalho, ao lado do cadáver. Nele estavam escritas grosseiramente à tinta as iniciais V. V., seguidas pelo número 341.

— O que é isto? — perguntou, erguendo-o no ar.

Barker olhou-o com curiosidade.

— Eu não o havia notado — disse. — O assassino deve tê-lo deixado cair quando fugia.

— V. V. 341. Para mim não significa nada.

O sargento virava e revirava o cartão entre os dedos enormes.

— V. V.! Imagino que sejam as iniciais de uma pessoa. O que tem ali, dr. Wood?

O médico levantara um martelo de bom tamanho abandonado no tapete em frente da lareira. Um martelo sólido e bem acabado. Cecil Barker apontou uma caixa de pregos com cabeça de cobre no aparador da lareira.

— O sr. Douglas esteve modificando a disposição dos quadros ontem — explicou. — Eu o vi de pé nesta cadeira, pendurando aquela grande paisagem. Essa é a explicação para a presença do martelo.

— É melhor recolocá-lo no tapete — disse o sargento, coçando a cabeça com ar perplexo. — Serão necessárias as melhores cabeças da Yard para resolver este caso. Dentro em pouco será um trabalho para o pessoal de Londres.

Ele apanhou a lâmpada e deu lentamente uma volta pelo gabinete.

— Com os demônios! — gritou, afastando a cortina da janela. — A que hora esta cortina foi fechada?

— Quando as luzes foram acesas — respondeu o mordomo. — Pouco depois das quatro horas.

— Alguém se escondeu aqui, é certo.

Ele baixou a lâmpada e no canto apareceram marcas de sapatos manchados de barro bem visíveis.

— Esta descoberta confirma sua teoria, sr. Barker. Diria que o homem entrou na mansão depois das quatro horas, quando as cortinas já tinham sido fechadas, e antes das seis horas, quando a ponte foi suspensa. Enfiou-se aqui, porque foi o primeiro aposento que encontrou, e se escondeu atrás desta cortina. Tudo isso me parece muito claro. É provável que sua ideia fosse assaltar a casa, mas o sr. Douglas o encontrou por acaso. Então ele o matou e fugiu.

— É mais ou menos a minha opinião — disse Barker. — Mas não acham que estamos perdendo tempo precioso? Não poderíamos revistar as redondezas antes que o assassino escape?

O sargento refletiu por um momento.

— Não há trem antes das seis horas da manhã. Portanto, ele não pode fugir pela ferrovia. Se tomar a estrada com a calça toda molhada, não passará despercebido. De qualquer modo, não posso ir embora antes de ser substituído. E penso também que ninguém deve sair antes que os fatos sejam esclarecidos.

O médico apanhou a lâmpada para examinar novamente o cadáver.

— Que marca é esta? — perguntou. — Ela pode ter alguma relação com o crime?

O braço direito do morto estava descoberto até o cotovelo. A meia altura do antebraço, o desenho de cor castanha de um triângulo dentro de um círculo se destacava na pele.

— Não é uma tatuagem — declarou o médico. — Nunca vi nada parecido. Este homem foi marcado há algum tempo com ferro em brasa, como se costuma fazer com o gado. O que isso significa?

— Não digo que sei — disse Cecil Barker —, mas vi essa marca em Douglas diversas vezes nos últimos dez anos.

— Eu também a vi — disse o mordomo. — Notei-a muitas vezes, quando o patrão arregaçava as mangas. E me perguntei o que queria dizer.

— Portanto ela não tem relação com o crime — concluiu o sargento. — Mesmo assim, não é comum. Neste caso nada é banal. Bem, de que se trata agora?

O mordomo soltara uma exclamação de surpresa e apontava para a mão estendida do morto.

— Tiraram a sua aliança de casamento — balbuciou.

— O quê?

— Sim, tenho certeza. O patrão sempre usava a aliança de ouro no dedo mínimo da mão esquerda, embaixo deste anel com a pepita, e usava no dedo médio o anel com a serpente retorcida. Aí estão a pepita e a serpente, mas a aliança desapareceu.

— Ele tem razão — disse Barker.

— O senhor declara — comentou o sargento — que a aliança estava embaixo do outro anel?

— Sempre esteve.

— Então o assassino, ou quem quer que seja, primeiro tirou esse anel de pepita, depois a aliança, e por último recolocou o anel de pepita?

— Justamente.

O digno policial do condado meneou a cabeça.

— Quanto mais cedo pusermos Londres a par, melhor — concluiu. — White Mason é um homem inteligente. Nenhum caso local jamais o embaraçou. Ele não vai tardar agora. Mas tenho certeza de que, desta vez, pedirá reforço a Londres. No que me diz respeito, não me envergonho de dizer que é um assunto muito complicado para mim.

Capítulo 4

Escuridão

Às três horas da madrugada, o chefe de polícia de Sussex, atendendo ao chamado urgente do sargento Wilson, de Birlstone, chegou da chefatura numa charrete ligeira, puxada por um animal esfalfado. Pelo trem das cinco horas e quarenta, enviara sua mensagem à Scotland Yard, e se encontrava ao meio-dia na estação de Birlstone para nos receber. White Mason era uma pessoa tranquila, à vontade com um elegante traje esportivo, rosto corado e bem escanhoado, corpo robusto e pernas fortes e arqueadas. Calçava polainas e se parecia com um pequeno agricultor ou um guarda florestal aposentado; em suma, com qualquer outra pessoa, menos com um exemplar perfeito de policial do interior.

— Um problema absolutamente incompreensível, sr. MacDonald! — não parava de repetir. — Vamos ver um enxame de jornalistas desabar aqui quando a imprensa perceber que é um verdadeiro mistério. Espero que tenhamos feito um bom trabalho antes que eles comecem a meter o nariz em nossa investigação e embaralhem todas as pistas. Há detalhes que não lhe desagradarão, sr. Holmes. E também ao senhor, dr. Watson, pois os médicos terão algo a dizer. Reservamo-lhes quartos no Westville Arms. É o único hotel do lugar, mas me garantiram que é limpo e decente. O carregador vai levar suas bagagens. Por aqui, senhores, por favor.

Era encantador e dinâmico o detetive de Sussex. Em dez minutos encontramos nossos aposentos. Dez minutos mais tarde estávamos sentados na sala de estar da estalagem e fomos informados dos fatos tais como o leitor os leu no capítulo anterior. MacDonald tomava notas. Holmes tinha o ar do botânico surpreso e reverente que contempla uma flor rara.

— Notável! — exclamou, quando a história foi contada. — Realmente notável! Não me lembro de um caso que tenha apresentado um aspecto tão singular.

— Achei que o encantaria, sr. Holmes — disse White Mason, satisfeito. — Não estamos atrasados em relação à nossa época, em Sussex. Eu lhe expus a situação tal como a soube do sargento Wilson entre três e quatro horas da madrugada. Palavra que fiz minha velha égua galopar. Mas não precisava apressar-me tanto, pois não podia fazer nada de imediato. O sargento Wilson estava de posse de todos os fatos. Eu os verifiquei, refleti sobre eles e acrescentei algumas observações por minha conta.

— E quais são elas? — indagou Holmes, ansioso.

— Bem, primeiro examinei o martelo. O dr. Wood me ajudou. Não encontramos nenhum sinal de violência nele. Eu esperava que, se o sr. Douglas se tivesse defendido com o martelo, poderíamos descobrir um indício qualquer. Mas o martelo não apresentava nenhuma mancha.

— Isso não prova absolutamente nada — observou o inspetor MacDonald. — Muitos crimes cometidos a golpes de martelo não deixaram vestígio algum nele.

— É exato. Mas, se houvesse manchas, elas nos ajudariam. O fato é que não havia. Depois examinei a arma. Fora carregada com chumbo grosso. E, como o sargento Wilson observou, os dois gatilhos foram ligados juntos, de modo que os dois canos disparassem simultaneamente quando o gatilho de trás fosse puxado. O inventor desse processo estava decidido a não errar o alvo. A arma serrada não tinha mais de sessenta centímetros de comprimento e podia, portanto, ser facilmente transportada debaixo do casaco. O nome completo do fabricante não figurava nela, mas as letras "PEN" estavam gravadas na peça que liga os dois canos, e o resto do nome fora serrado.

— Um P maiúsculo, com um enfeite em cima, e um E e um N menores? — inquiriu Holmes.

— Exato.

— Pennsylvania Small Arm Company, firma americana bem conhecida — disse Holmes.

White Mason olhou para meu amigo como o médico do interior olha o especialista da Harley Street que com uma palavra resolve o problema que o perturbava.

— É realmente um grande passo, sr. Holmes. O senhor tem razão. Maravilhoso! Maravilhoso! Guarda em sua memória os nomes de todos os fabricantes de armas do mundo?

Holmes descartou o assunto com um gesto da mão.

— Sem dúvida é uma escopeta americana — prosseguiu White Mason. — Li em alguma parte que a escopeta serrada é arma usada em algumas regiões da América. Mesmo não tendo reconhecido a marca no cano, a ideia tinha-me ocorrido. Há, portanto, fortes presunções de que o indivíduo que penetrou na mansão e matou o dono da casa seja americano.

MacDonald balançou a cabeça.

— Meu caro, está indo rápido demais — disse. — Não tenho ainda a prova de que um forasteiro entrou efetivamente na mansão.

— A janela aberta, a mancha de sangue no parapeito da janela, o cartão estranho, as marcas de sapatos no canto do aposento, a arma...

— Nada que não pudesse ser arranjado previamente. O sr. Douglas era americano, ou viveu muito tempo na América. O sr. Barker também. Não há necessidade de introduzir um americano de fora a fim de encontrar uma explicação para esses detalhes americanos.

— Ames, o mordomo...

— Ele é digno de confiança?

— Permaneceu dez anos na casa de Sir Charles Chandos. Sólido como uma rocha. Está a serviço dos Douglas desde que se instalaram na mansão, isto é, há cinco anos. Nunca viu uma arma como essa na casa.

— Essa arma não é destinada para ser exibida. Por isso os canos foram serrados. Podia caber em qualquer caixa. Como Ames pode jurar que não havia uma arma desse tipo na casa?

— Em todo caso, ele diz que nunca a viu.

MacDonald sacudiu sua cabeça de escocês teimoso.

— Ainda não estou convencido da presença de alguém de fora — disse. — Peço que reflita no que resulta de sua suposição de que essa arma teria sido trazida por alguém de fora e de que o indivíduo em questão teria agido como o senhor nos disse. É inconcebível. É um desafio ao bom-senso. Peço, sr. Holmes, que avalie de acordo com o que acabamos de saber.

— Pois bem, proceda ao seu depoimento, sr. Mac — disse Holmes, com uma voz de juiz de instrução.

— O assassino não é um ladrão vulgar, supondo que se trate de um indivíduo vindo de fora. A história dos anéis e o cartão de visita parecem indicar um crime premeditado por alguma razão especial. Muito bem. Um homem entra numa casa com a intenção deliberada de cometer um crime. Sabe, evidentemente, que terá dificuldade para fugir, pois a mansão é cercada por água. Que arma escolherá então? O senhor me responderá, naturalmente: uma arma silenciosa. Fazendo isso, poderia esperar, depois de cometer o crime, sair rapidamente pela janela, atravessar o fosso e escapar tranquilamente. Isso eu admitiria. Mas não dá para entender que tenha escolhido a arma mais ruidosa que existe, sabendo perfeitamente que o disparo provocaria no mesmo instante a irrupção de todos os moradores da casa no local e que, segundo toda a probabilidade, seria descoberto antes de poder atravessar o fosso. Esta tese é plausível, sr. Holmes?

— Evidentemente, o senhor expôs o caso de maneira categórica — replicou meu amigo, com ar pensativo. — Mas tudo requer uma justificativa. Posso perguntar-lhe, sr. White Mason, se examinou logo o outro lado do fosso para tentar descobrir um rasto do homem saindo da água?

— Não havia sinal algum, sr. Holmes. Mas, como a borda é de pedra, seria difícil esperar alguma coisa.

— Nenhum rasto, nenhum indício, nada?

— Absolutamente nada.

— Ah, vê alguma objeção, sr. White Mason, a que nos dirijamos imediatamente ao local? Talvez exista ali um pequeno detalhe sugestivo.

— Eu ia propor-lhe isso, sr. Holmes. Mas achei que era

melhor colocá-lo a par antes de ir até lá. Suponho que, se alguma coisa o impressionar...

White Mason olhou para o detetive particular com ar de dúvida.

— Já trabalhei com o sr. Sherlock Holmes — disse o inspetor MacDonald. — Ele segue as regras do jogo.

— Em todo caso, tenho minha concepção pessoal do jogo — acrescentou Holmes, sorrindo. — Quando me interesso por um caso é para ajudar a justiça e o trabalho da polícia. Se às vezes me mantenho distante da polícia oficial é principalmente porque ela me mantém a distância. Não tenho nenhum desejo de marcar pontos à custa dela. Dito isto, sr. White Mason, reivindico o direito de trabalhar segundo meus métodos pessoais e comunicar-lhe meus resultados quando achar melhor. Resultados completos, e não por etapas.

— Sentimo-nos muito honrados com sua presença — disse White Mason —, e lhe mostraremos tudo. Venha, dr. Watson. Esperamos ter todos um lugar em sua obra, quando chegar o momento.

Descemos a rua tranquila da vila, ladeada por uma dupla fileira de olmos podados. Embaixo, dois velhos pilares de pedra sujos e cobertos de musgo suportavam alguma coisa que fora antigamente o leão erguido sobre as patas traseiras dos Capetos de Birlstone. Penetramos numa alameda que ondeava no meio de gramados e carvalhos, como só se vê na Inglaterra rural. Depois de uma última curva tortuosa, divisamos o velho edifício de tijolos desbotados rodeado por teixos cortados à moda antiga, a ponte levadiça de madeira e o belo e largo fosso que brilhava como mercúrio entre os raios frios do inverno. A mansão tinha 3 séculos, séculos de nascimentos e retornos ao lar, de bailes campestres e encontros de caça à raposa.

Era estranho que agora, em sua velhice, as paredes veneráveis fossem obscurecidas por este acontecimento tenebroso. No entanto, aqueles curiosos telhados pontiagudos e antiquados frontões triangulares eram uma moldura perfeita para um enredo tão horrendo e assustador. Enquanto observava as janelas que formavam ângulo para dentro e a longa curva da fachada gasta pelo tempo e banhada pela água, reconheci que nenhum cenário podia ser mais adaptado a um drama semelhante.

— Ali está a janela — anunciou White Mason. — Aquela que está logo à direita da ponte levadiça. Ela permanece aberta exatamente como estava esta noite.

— Ela me parece bem estreita para permitir a passagem de um homem.

— O assassino certamente não era obeso. Não precisamos de suas deduções, sr. Holmes, para compreender isso. Mas o senhor ou eu poderíamos muito bem passar por essa janela.

Holmes se aproximou do fosso e examinou a pedra da margem assim como o gramado.

— Olhei bem, sr. Holmes — insistiu White Mason. — Não há nada. Nenhum sinal de que alguém tenha saído da água. Mas por que teria necessariamente de deixar um sinal de sua passagem?

— É verdade. Por que teria necessariamente de deixar um sinal de sua passagem? A água é sempre lodosa?

— Ela é geralmente dessa cor. A corrente traz muita lama.

— Qual é sua profundidade?

— Cerca de 60 centímetros nos lados e um metro no meio.

— Podemos, portanto, descartar decididamente a hipótese de que o homem teria se afogado ao atravessar o fosso?

— Uma criança não poderia afogar-se nele.

Atravessamos a ponte levadiça, e um personagem original, ossudo e magro, nos abriu a porta: era Ames. O pobre-diabo estava lívido e ainda tremia. O sargento de polícia da vila, um homem alto, cerimonioso e melancólico, ainda montava guarda à sala do crime. O médico tinha ido embora.

— Nada de novo, sargento Wilson? — perguntou White Mason.

— Nada, senhor.

— Então pode ir para casa. O senhor teve muito trabalho. Se precisarmos, mandaremos chamá-lo. Será melhor que o mordomo espere fora. Diga-lhe que avise o sr. Cecil Barker, a sra. Douglas e a governanta que talvez tenhamos logo uma palavra a dizer-lhes. Agora, senhores, acho preferível comunicar-lhes meu ponto de vista. Em seguida poderão juntá-lo às conclusões que acharem mais oportunas.

Esse policial do interior me impressionava. Dominava bem os fatos e possuía um bom-senso frio e claro, que o faria sem dúvida progredir na profissão. Holmes o ouvia com grande atenção, sem manifestar o menor sinal de impaciência, o que era excepcional de sua parte.

— É um suicídio? É um assassinato? Esta deve ser nossa primeira pergunta, senhores, não lhes parece? Se foi suicídio, então devemos crer que este homem começou por retirar sua aliança e escondê-la. Depois desceu aqui de roupão, pisou com sapatos sujos de lama num canto atrás da cortina para dar a ideia de que alguém o esperava, abriu a janela, colocou sangue...

— Podemos descartar essa hipótese — interrompeu MacDonald.

— É minha opinião. Um suicídio está fora de questão. Portanto um assassinato foi cometido. Temos de determinar se o seu autor pertence ou não pertence à casa.

— Vamos ouvir sua argumentação.

— Nos dois casos, chocamo-nos com dificuldades enormes. Contudo, não há terceira hipótese. É uma ou outra. Suponhamos em primeiro lugar que o assassino ou os assassinos sejam pessoas da mansão. Abateram Douglas numa hora em que tudo estava tranquilo, mas quando ninguém ainda dormia. Cometeram o crime com a arma mais estranha e barulhenta que se possa encontrar, de modo que todos souberam o que aconteceu. Arma que antes nunca fora vista na casa. Não parece um ponto de partida muito promissor.

— O senhor tem razão.

— Todos os depoimentos concordam que, assim que o alarme foi dado, não transcorreu mais de um minuto antes que toda a casa estivesse no local. Não só o sr. Cecil Barker, que afirma ter chegado primeiro, mas Ames e todos os outros. E querem fazer-me acreditar que nesse breve lapso de tempo o culpado conseguiu deixar marcas de pés no canto, abrir a janela, manchar de sangue o parapeito, retirar a aliança do cadáver e tudo mais? É impossível.

— O senhor coloca o problema muito claramente — aprovou Holmes. — Inclino-me a compartilhar sua opinião.

— Então somos obrigados a voltar à teoria segundo a qual o crime foi cometido por alguém de fora. Grandes dificuldades ainda nos esperam, mas não se trata mais de impossibilidades. O assassino entrou na casa entre quatro e meia e seis horas, isto é, entre o crepúsculo e o momento em que a ponte levadiça foi suspensa. Havia convidados, a porta estava aberta, nada podia detê-lo. Talvez fosse um ladrão vulgar. Talvez tivesse um ressentimento pessoal contra o sr. Douglas. Como o sr. Douglas passou grande parte de sua existência na América e como esta escopeta parece ser de origem americana, a hipótese do ressentimento pessoal é a mais provável. Ele se enfiou neste aposento porque era o mais próximo da entrada, e se escondeu atrás da cortina. Ficou ali até pouco depois das onze horas. Naquele momento, o sr. Douglas entrou em seu gabinete. A conversa deve ter sido muito curta, admitindo que tenha havido, pois a sra. Douglas declarou que o marido a deixara havia poucos minutos quando ouviu o disparo.

— A vela demonstra isso — disse Holmes.

— Exatamente. A vela, que era nova, queimou apenas um centímetro e meio. Deve tê-la colocado sobre a mesa antes de ser atacado, senão ela teria caído com ele. Isso mostra que não foi atacado assim que entrou no aposento. Quando o sr. Barker chegou, a lâmpada estava acesa e a vela apagada.

— Tudo isso é claro.

— Podemos, portanto, reconstituir agora o drama com esses dados. O sr. Douglas entrou no aposento e colocou a vela sobre a mesa. Um homem surgiu de trás das cortinas, armado com uma escopeta. Exigiu a aliança, só Deus sabe por que, mas as coisas devem ter acontecido assim. O sr. Douglas a entregou a ele. Então, a sangue-frio ou durante uma luta, Douglas deve ter apanhado o martelo que foi encontrado no tapete, e o desconhecido matou Douglas dessa maneira pavorosa. Deixou a arma cair e também, sem dúvida, este cartão estranho: "V. V. 341". Depois escapou pela janela e pelo fosso no momento em que Cecil Barker descobriu o crime. O que acha, sr. Holmes?

— Muito interessante, mas não totalmente convincente.

— Meu caro, seria algo absolutamente sem sentido se qualquer outra hipótese não fosse pior ainda — gemeu MacDonald. — Alguém matou este homem. Seja quem for o assassino, eu poderia demonstrar-lhes que o fez de outra maneira. Por que correu o risco de ver sua retirada interrompida? Por que se serviu de uma escopeta quando só uma arma silenciosa lhe permitiria escapar? Vamos, sr. Holmes, cabe ao senhor dar-nos uma explicação, pois acaba de dizer que a teoria do sr. White Mason não é convincente.

Holmes ouviu essa controvérsia com muito interesse, sem perder uma só palavra. Seus olhos penetrantes se moviam à direita e à esquerda, e a intensidade da reflexão enrugava sua fronte.

— Eu gostaria de ter mais alguns fatos antes de me aventurar a formular uma teoria, sr. Mac — disse ele, ajoelhando-se ao lado do cadáver. — Meu Deus! Estes ferimentos são realmente horrorosos. Podemos chamar o mordomo por alguns instantes?... — Ames, creio que o senhor viu muitas vezes este desenho totalmente anormal, um triângulo dentro de um círculo, marcado por ferro em brasa no antebraço do sr. Douglas?

— Muitas vezes, sim, senhor.

— Nunca ouviu alguma explicação sobre seu significado?

— Não, senhor.

— Essa marca deve ter sido muito dolorosa quando foi feita. É sem dúvida uma queimadura. Vejo, Ames, um pedaço de esparadrapo no queixo do sr. Douglas. Havia observado isso antes?

— Sim, senhor. Ele se cortou quando fez a barba ontem de manhã.

— Ele se cortava outras vezes ao se barbear?

— Quase nunca, senhor.

— Interessante — comentou Holmes. — Certamente, pode tratar-se de uma simples coincidência. A menos que esse corte indique que ele sabia de um perigo. Notou algo estranho em seu comportamento ontem, Ames?

— Tive a impressão de que estava um pouco agitado e nervoso, senhor.

— Esta agressão talvez não tenha sido totalmente inesperada. Parece que progredimos um pouco, não é? Talvez queira continuar com as perguntas, sr. Mac?

— Não, sr. Holmes. O senhor sabe fazê-lo melhor que eu.

— Muito bem. Então passemos a este cartão. "V. V. 341." É um cartão de má qualidade. Há outros iguais na casa?

— Não creio, senhor.

Holmes foi até a escrivaninha e derramou no mata-borrão algumas gotas de tinta de cada um dos tinteiros.

— A inscrição não foi feita aqui — disse ele. — Foi redigida com tinta preta. As outras são avermelhadas. E também foi redigida com uma pena de ponta grossa, enquanto aqui as penas são de ponta fina. Não, ela foi escrita em outro lugar. Atribui um significado qualquer à inscrição, Ames?

— Não, senhor, nenhum.

— O que acha, sr. Mac?

— Ela me faz pensar numa sociedade secreta. A mesma que a da marca no antebraço.

— É também a minha ideia — disse White Mason.

— Podemos adotá-la como hipótese de partida. Veremos se faz desaparecer nossas dificuldades. Um membro de uma sociedade secreta entra na mansão, espera o sr. Douglas, arrebenta-lhe a cabeça atirando à queima-roupa, depois foge pelo fosso após ter deixado junto da vítima um cartão que, publicado pelos jornais, avisará os outros membros da sociedade que a vingança foi consumada. Tudo isso se encaixa. Mas por que esta escopeta, de preferência a qualquer outra arma?

— Exatamente.

— E por que a aliança desapareceu?

— De acordo.

— E por que não prenderam ninguém? São catorze horas agora. Suponho que desde o alvorecer toda a polícia procura num raio de sessenta quilômetros um desconhecido molhado e sujo de lama.

— O senhor não está enganado, sr. Holmes.

— Se ele não dispõe de um esconderijo nas proximidades e não pôde trocar de roupa, dificilmente a polícia pode deixar de apanhá-lo. No entanto, até agora não o capturou.

Holmes se dirigiu até a janela e examinou com a lente a mancha de sangue no parapeito.

— É a marca de um pé. É anormalmente larga. Eu diria um pé chato. Outra coisa estranha: tanto quanto possamos descobrir uma pegada neste canto sujo de barro, o pé parece ser mais normalmente constituído. É verdade que tudo é indistinto. Mas o que vejo debaixo da mesinha?

— Os halteres do sr. Douglas — respondeu Ames.

— Os halteres? Só há um. Onde está o outro?

— Não sei, sr. Holmes. Talvez haja apenas um. Há meses não olho aí embaixo.

— Um haltere... — começou Holmes gravemente.

Mas suas observações foram interrompidas por uma batida à porta. Um homem alto, queimado de sol, bem barbeado, de rosto inteligente, entrou no aposento e olhou para nós. Não tive nenhuma dificuldade para adivinhar que era Cecil Barker. Seus olhos autoritários deram a volta às cabeças presentes, com ar interrogativo.

— Lamento interromper sua conferência — disse ele —, mas queria informar-lhes a última notícia.

— Uma prisão?

— Infelizmente não. Mas encontraram a bicicleta. O criminoso a abandonou. Venham vê-la. Está a menos de cem metros da porta.

Alguns empregados e curiosos agrupados na avenida contemplavam uma bicicleta que acabava de ser retirada de um grupo de arbustos onde havia sido escondida. Era uma Rudge-Whitworth usada, coberta de lama como se tivesse feito um longo percurso. A mochila continha uma chave inglesa e um frasco de óleo, mas não oferecia nenhuma indicação quanto ao proprietário.

— A tarefa da polícia seria bem simplificada — suspirou o inspetor — se estas máquinas fossem numeradas e registradas. Mas devemos ficar gratos com o que encontramos.

Se não podemos descobrir para onde foi seu proprietário, pelo menos saberemos de onde veio. Mas, em nome de todos os milagres, por que esse indivíduo deixou a bicicleta para trás? E como conseguiu afastar-se andando a pé? Parece que não encontramos o menor raio de luz neste caso, sr. Holmes.

— O senhor acha? — disse meu amigo. — É exatamente o que me perguntava.

Capítulo 5

Os personagens do drama

— Viram tudo o que queriam ver no gabinete? — perguntou White Mason quando saímos do aposento fatal.

— Por enquanto, sim — respondeu o inspetor.

Holmes se limitou a um aceno de cabeça afirmativo.

— Talvez queiram ouvir agora os depoimentos de alguns moradores da mansão. Usaremos a sala de refeições, Ames. Entre primeiro e nos diga tudo o que sabe.

O relato do mordomo foi simples e claro, e produziu uma impressão convincente de sinceridade. Fora contratado cinco anos antes, quando o sr. Douglas chegou a Birlstone. O sr. Douglas era um homem rico, que fizera fortuna na América. Mostrou-se um patrão bom e generoso, não totalmente do tipo de patrão ao qual Ames estava acostumado, mas não podemos ter tudo, não é? Ele nunca observou sintomas de medo no sr. Douglas. Ao contrário, era o homem mais destemido que ele conheceu. Dera a ordem de que a ponte fosse levantada todas as noites para reatar com um costume antigo da velha residência, e gostava de observar as tradições.

O sr. Douglas raramente ia a Londres ou saía da vila. Entretanto, no dia anterior ao crime fora fazer compras em Tunbridge Wells. Ames notara no dia seguinte certo nervosismo na atitude dele: parecia impaciente e irritável, o que era excepcional. Ames ainda não havia deitado na hora do crime. Permanecera na copa no fundo da mansão para guardar a prataria. Foi ali que ouviu um violento toque de campainha. Não ouvira a detonação, mas como poderia ouvi-la, se a copa e a cozinha estavam separadas do gabinete por várias portas fechadas e um longo corredor? A violência do toque de campainha também fizera a governanta sair de seu quarto, e os dois dirigiram-se juntos aos aposentos da frente.

Quando chegaram ao pé da escada, a sra. Douglas estava descendo. Não, não estava com pressa. Não dava a impressão de que estivesse particularmente agitada. Exatamente no momento em que ela terminava de descer, o sr. Barker se precipitara para fora do gabinete. Deteve a sra. Douglas e pediu-lhe que subisse.

— Pelo amor de Deus, volte para o seu quarto! — gritou. — O pobre Jack está morto. Você não pode fazer nada. Em nome do Céu, volte!

Ele teve de insistir com a sra. Douglas para que voltasse a seu quarto. Ela não gritou, nem soltou o menor gemido. A sra. Allen, a governanta, ajudou-a a subir e permaneceu com ela. Ames e o sr. Barker entraram então no gabinete e não tocaram em nada antes de a polícia chegar. A vela não estava acesa naquele momento, mas a lâmpada, sim. Olharam pela janela, mas a noite estava muito escura e não viram nem ouviram nada. Precipitaram-se então ao *hall* de entrada, onde Ames movimentou o mecanismo que baixava a ponte levadiça. O sr. Barker saíra correndo para avisar a polícia.

Este foi, em substância, o depoimento do mordomo.

O depoimento da sra. Allen, a governanta, corroborou completamente esse relato. Seu quarto estava um pouco mais próximo da frente da casa que a copa onde Ames trabalhava. Ela se preparava para deitar quando ouviu o toque violento de campainha. É um tanto surda e talvez fosse a razão pela qual não tivesse ouvido a detonação. De qualquer modo, o gabinete ficava longe. Lembrava-se de ter ouvido um barulho que supôs fosse uma porta batendo. Mas era muito mais cedo, pelo menos meia hora antes de soar a campainha. Quando Ames correu para os aposentos da frente, ela o acompanhou. Viu o sr. Barker, muito pálido e agitado, sair do gabinete. Ele se precipitou ao encontro da sra. Douglas, que descia a escada. Suplicou-lhe que voltasse e ela respondeu-lhe alguma coisa, que a governanta não entendeu.

— Leve-a para cima! Fique com ela! — ordenou-lhe o sr. Barker.

Ela então a fez subir ao quarto e tentou acalmá-la. A sra. Douglas estava muito nervosa e dominada por forte tremor, mas não tentou descer novamente. Permaneceu sentada de roupão ao pé da lareira, com a cabeça nas mãos. A sra. Allen não a deixou a maior parte da noite. Quanto aos outros domésticos, estavam todos deitados e só foram alertados pouco tempo antes de a polícia chegar. Dormiam na outra extremidade da casa, e era impossível que tivessem ouvido qualquer coisa.

Foi o que disse a governanta, que não pôde acrescentar nada em resposta às perguntas feitas, senão lamentações e exclamações de espanto.

O sr. Cecil Barker a sucedeu. No que se referia aos acontecimentos da noite, tinha pouco a acrescentar ao que já dissera ao sargento Wilson. Estava pessoalmente persuadido de que o assassino fugira pela janela. Segundo ele, a mancha de sangue não permitia dúvidas a respeito. Aliás, como a ponte estava levantada, não havia outro meio para escapar. Não sabia explicar como o assassino conseguira desaparecer, ou por que não levara a bicicleta, admitindo-se que fosse dele. O sujeito certamente não se afogara no fosso, que não tinha em nenhum ponto mais de um metro de profundidade.

Barker tinha sobre o crime uma opinião bem precisa. Douglas era pouco comunicativo e nunca falava de alguns episódios de sua vida. Emigrara da Irlanda para a América muito jovem. Fora bem-sucedido, e Barker o conhecera na Califórnia. Tornaram-se sócios na exploração de uma mina florescente situada num lugar chamado Benito Canyon. De repente, Douglas vendera sua parte e partira para a Inglaterra. Era viúvo na época. Barker também liquidara seus negócios um pouco mais tarde e viera morar em Londres. Reataram então suas relações de amizade.

Douglas lhe dera a impressão de que um perigo pairava sobre sua cabeça, e Barker sempre pensara que sua partida repentina da Califórnia e também sua instalação neste lugar tão retirado da Inglaterra tinham relação com esse perigo. Imaginava que uma sociedade secreta, uma organização implacável, estava na pista de Douglas e não o deixaria em paz enquanto não o eliminasse. Algumas observações de seu amigo fizeram essa ideia germinar em sua cabeça, embora Douglas nunca lhe tivesse dito qual era essa sociedade nem como se tornara sua inimiga. Ele supunha que a inscrição no cartão se referia a essa sociedade secreta.

— Por quanto tempo o senhor permaneceu com Douglas na Califórnia? — perguntou o inspetor MacDonald.

— Aproximadamente cinco anos.

— Era solteiro?

— Viúvo.

— Sabe de onde era sua primeira mulher?

— Não. Lembro-me de tê-lo ouvido dizer que era de origem sueca, e vi seu retrato. Era uma mulher muito bonita. Morreu de febre tifoide um ano antes do nosso encontro.

— Associa seu passado a alguma região da América em especial?

— Ele me falou de Chicago. Conhecia bem a cidade e trabalhou lá. Falou-me também dos distritos de mineração de carvão e ferro. Havia viajado muito.

— Era político? Essa sociedade secreta tinha um objetivo político?

— Não. A política nunca lhe interessou.

— Acha que podia tratar-se de uma sociedade criminosa?

— De modo algum. Nunca conheci homem mais correto.

— Pode dar-nos detalhes particulares sobre sua vida na Califórnia?

— Ele preferia permanecer em nossa concessão nas montanhas. Só ia aos lugares habitados quando era obrigado. Por isso pensei que alguém o perseguia. Quando partiu tão repentinamente para a Europa, tive de certa forma a confirmação disso. Creio que deve ter recebido um aviso. Menos de uma semana depois de sua partida, meia dúzia de homens apareceu, à sua procura.

— Que tipo de homens?

— Gente que não tinha a cara muito simpática. Subiram até a concessão e queriam saber onde ele estava. Respondi--lhes que havia partido para a Europa e que eu ignorava seu destino exato. Era fácil perceber que não o queriam bem.

— Eram americanos? Da Califórnia?

— Não sei se eram da Califórnia. Mas eram americanos, com toda a certeza. Não eram mineiros. Não sei o que eram, mas fiquei muito contente quando os vi pelas costas.

— Isso foi há seis anos?

— Quase sete.

— E os senhores passaram cinco anos juntos na Califórnia. Esse caso de sociedade secreta remontaria, portanto, a onze anos pelo menos?

— Isso mesmo.

— Devia ser um ódio muito forte para se obstinarem por tanto tempo. Um ódio que não podia ter motivos insignificantes.

— Penso que atormentou toda a sua vida. Estava sempre presente em seu espírito.

— Mas, se um homem é ameaçado por um perigo, e sabe qual é, não acha que normalmente busca a polícia para pedir proteção?

— Talvez fosse um perigo contra o qual a polícia não pudesse protegê-lo. Há uma coisa que precisam saber. Ele nunca saía sem armas. Tinha sempre o revólver no bolso. Por azar estava ontem à noite de roupão e havia deixado o revólver no quarto. Como a ponte estava levantada, deve ter pensado que se achava em segurança.

— Eu gostaria de ter mais precisão nas datas — disse MacDonald. — Faz quase seis anos que Douglas deixou a Califórnia. O senhor o imitou no ano seguinte, não é?

— Precisamente.

— E ele se casou há cinco anos. O senhor voltou, portanto, à Inglaterra na época do seu casamento?

— Um mês antes. Fui seu padrinho.

— Conhecia a sra. Douglas antes do casamento?

— Não. Fiquei fora da Inglaterra durante dez anos.

— Mas viu-a muitas vezes depois?

Barker olhou o detetive com grande firmeza.

— Eu a vi muito depois do seu casamento — respondeu. — Se a vi foi porque não é possível visitar um homem sem conhecer sua mulher. Se imagina que existe alguma relação...

— Não imagino nada, sr. Barker. Devo investigar tudo o que pode relacionar-se com o caso. Não quero ofender ninguém.

— Algumas perguntas são ofensivas — replicou Barker secamente.

— Queremos somente fatos. É do seu interesse e do interesse de todos que sejam estabelecidos claramente. O sr. Douglas aprovava totalmente sua amizade com a mulher dele?

Barker ficou pálido e apertou convulsivamente as mãos grandes e fortes.

— O senhor não tem o direito de me fazer esse tipo de perguntas — disse. — Em que elas dizem respeito ao caso que investigam?

— Devo repetir a pergunta.

— E eu me recuso a responder.

— O senhor pode recusar-se a responder, mas deve saber que essa recusa constitui por si só uma resposta. Pois não se recusaria a responder se não tivesse nada a esconder.

Barker permaneceu imóvel por um momento, com o rosto tenso e as grandes sobrancelhas escuras franzidas. Depois se descontraiu e olhou para nós sorrindo.

— No fim de contas, vejo que somente estão cumprindo seu dever e não tenho de me opor a isso. Peço-lhes apenas que não atormentem a sra. Douglas, pois está muito triste neste momento. Posso dizer-lhes que o pobre Douglas tinha um defeito, um só defeito, aliás: o ciúme. Gostava muito de mim. Nunca tive melhor amigo. E era muito apegado à sua mulher. Ficava contente quando eu vinha aqui e reclamava quando não vinha. Se, entretanto, sua mulher e eu falássemos a sós ou se uma simpatia se manifestasse entre nós, uma onda de ciúme o submergia e se exaltava, chegando a me dizer coisas horríveis. Mais de uma vez jurei que não poria mais os pés aqui. Mas, quando eu mostrava indiferença, ele me escrevia cartas tão arrependidas, tão gentis, que eu sempre acabava voltando atrás em minha decisão. Dou-lhes a minha palavra de honra, senhores, e quero morrer de repente se não for assim, que homem algum teve mulher mais amorosa e fiel que ela e, posso acrescentar, amigo mais leal que eu.

Expressara-se com grande fervor e convicção, mas o inspetor MacDonald não pôde deixar de voltar ao assunto.

— O senhor sabe — disse — que a aliança da vítima foi retirada do dedo?

— Parece que sim.

— O que quer dizer com "parece"? Sabe muito bem que é um fato.

Barker se mostrou embaraçado.

— Quando eu disse "parece" queria dizer que era concebível que ele mesmo tivesse tirado a aliança.

— O simples fato de a aliança ter desaparecido, seja quem for que a tenha tirado, sugeriria a qualquer um que existe uma relação entre seu casamento e o drama, não acha?

Barker encolheu os ombros largos.

— Não me arriscaria a dizer o que esse fato sugere — respondeu —, mas, se pretende insinuar que isso compromete a honra dessa dama — seus olhos cintilaram e ele precisou de toda a sua energia para dominar a emoção —, os senhores estão no caminho errado, eis tudo.

— Não creio que tenha por enquanto outra coisa a perguntar-lhe — disse MacDonald, friamente.

— Mais um pequeno detalhe — interveio Sherlock Holmes. — Quando entrou no gabinete, só havia uma vela acesa sobre a mesa, não é?

— Sim.

— Foi à luz dessa vela que viu que um acontecimento terrível havia ocorrido?

— De fato.

— Tocou imediatamente a campainha para dar o alarme?

— Foi o que fiz.

— E os empregados chegaram em muito pouco tempo?

— Menos de um minuto depois, acho.

— Entretanto, quando eles chegaram, encontraram a vela apagada e a lâmpada acesa. Não é estranho?

Novamente Barker manifestou certo embaraço.

— Não vejo o que há de estranho, sr. Holmes — respondeu, depois de um silêncio. — A vela iluminava mal, e meu primeiro pensamento foi arranjar uma luz melhor. A lâmpada estava sobre a mesa e a acendi.

— E apagou a vela?

— Exatamente.

Holmes não formulou mais perguntas e Barker, depois de lançar a cada um de nós um olhar que me pareceu de desafio, girou sobre os calcanhares e saiu do aposento.

O inspetor MacDonald fizera um bilhete chegar à sra. Douglas, avisando-a que a veria em seu quarto, mas ela respondera que desceria à sala de refeições. Entrou logo. Era uma mulher alta e bonita de trinta anos, reservada e com um controle de nervos notável, bem diferente da figura trágica e arrasada que eu esperava. Tinha, certamente, o rosto pálido e abatido de uma pessoa que sofreu um grande choque. Mas estava calma e sua mão delicada, que descansava na borda da mesa, não tremia mais que a minha. Seus olhos tristes nos fitaram um após o outro com uma expressão curiosamente interrogativa. Depois esse olhar inquiridor deu lugar a uma pergunta repentina:

— Ainda não encontraram nada?

Foi um efeito de minha imaginação? Pareceu-me que o medo, em vez da esperança, havia inspirado o tom.

— Tomamos todas as medidas necessárias, sra. Douglas — respondeu o inspetor. — Pode estar certa de que nada será negligenciado.

— Não poupem dinheiro — disse ela com voz débil. — Quero que o máximo seja feito.

— A senhora talvez possa projetar um pouco de luz sobre o caso.

— Acredito que não, mas estou à sua disposição.

— Ouvimos o sr. Cecil Barker dizer que a senhora não se dirigiu ao gabinete onde o drama acabava de se desenrolar.

— Não. Ele me fez subir a escada. Pediu-me que voltasse ao meu quarto.

— É verdade. Ouviu a detonação e desceu imediatamente?

— Vesti o roupão e desci.

— Quanto tempo passou entre o momento em que ouviu o disparo e aquele em que o sr. Barker a deteve ao pé da escada?

— Dois minutos, talvez. É difícil calcular o tempo nesses momentos. Ele me implorou que não entrasse. Assegurou--me que eu não podia mais fazer nada. Então a sra. Allen, a governanta, me fez subir a escada. Tudo aconteceu como num sonho horroroso.

— Pode nos dar uma ideia do tempo que transcorreu entre o momento em que seu marido desceu e aquele em que ouviu a detonação?

— Não, não saberia dizer. Ele saiu do quarto de vestir e não o ouvi descer. Dava uma volta pela casa todas as noites, pois tinha medo de um incêndio. Era o único medo que tinha.

— Este é justamente o ponto em que eu queria chegar, sra. Douglas. Conheceu seu marido na Inglaterra, não é?

— Sim. Estávamos casados havia cinco anos.

— Ouviu falar de alguma coisa que teria acontecido na América e poderia ocasionar a ameaça de um perigo?

A sra. Douglas refletiu seriamente antes de responder.

— Sim — disse, finalmente. — Sempre tive a intuição de que um perigo o ameaçava. Ele se recusava a discutir isso comigo. Não era por falta de confiança, pois entre nós o amor era tão total quanto a confiança, mas porque queria poupar-me de qualquer apreensão. Achava que, se eu soubesse, ficaria angustiada, e por isso preferiu silenciar.

— Como o soube, então?

O rosto da sra. Douglas se iluminou com um sorriso.

— Um marido pode conservar durante toda a sua vida um segredo do qual uma mulher amorosa não suspeite? Eu conhecia a existência desse segredo por diversos indícios. Conhecia-o porque ele se recusava a me falar de alguns episódios de sua vida na América. Conhecia-o por diferentes precauções que tomava. Conhecia-o por palavras que deixava escapar. Conhecia-o pela maneira como olhava estranhos que apareciam inesperadamente. Eu estava perfeitamente certa de que ele tinha inimigos poderosos, que julgava estarem em sua pista e contra os quais se mantinha sempre prevenido. Estava tão certa disso que havia anos tinha muito medo quando ele voltava mais tarde que o previsto.

— Posso perguntar-lhe, senhora — indagou Holmes —, quais foram as palavras que despertaram sua atenção?

— "O vale do terror" — respondeu a sra. Douglas. — Foi a expressão que empregou quando o questionei: "Fui ao vale do terror e ainda não saí dele". Quando o via mais sério que de costume, perguntava-lhe: "Nunca sairemos desse vale do terror?" E ele respondia: "Às vezes penso que não sairemos dele jamais".

— Naturalmente perguntou-lhe o que ele queria dizer com estas palavras: o vale do terror?

— Sim. Mas então ele se tornava sombrio e sacudia a cabeça. "Já é muito ruim que um de nós se encontre sob a sua sombra", replicava. "Tomara que ela nunca se estenda sobre você também!" Era um vale verdadeiro onde ele viveu e onde um acontecimento terrível ocorreu, envolvendo-o. Disso estou certa, mas não posso dizer-lhes mais nada.

— Ele nunca citou nomes?

— Sim. Há três anos houve um acidente de caça, e a febre o fez delirar. Lembro-me de um nome que saía continuamente de sua boca. Um nome que pronunciava com raiva e também, me pareceu, com horror. O nome era McGinty. Grão-mestre McGinty. Quando se restabeleceu, perguntei-lhe quem era o grão-mestre McGinty e de quem era grão-mestre. "Graças a Deus, meu ele nunca foi!", respondeu-me, rindo. E foi tudo o que disse. Mas existe um vínculo entre o grão-mestre McGinty e o vale do terror.

— Outro detalhe agora — disse o inspetor MacDonald. — A senhora encontrou o sr. Douglas numa pensão de família em Londres e se tornaram noivos na capital, não é verdade? Esse casamento comportava um elemento secreto ou misterioso? Um elemento romântico?

— É claro que foi romântico. Sempre existe romance num casamento. Não houve nada de misterioso.

— O sr. Douglas tinha um rival?

— Não. Eu estava inteiramente livre.

— A senhora sabe, naturalmente, que a aliança de seu marido foi tirada. Esse fato lhe sugere um indício qualquer? Supondo que um de seus antigos adversários o tenha seguido até aqui e tenha cometido o crime, a que motivo teria cedido para retirar sua aliança?

Por um instante, poderia jurar que vi a sombra de um sorriso passar pelos lábios da sra. Douglas.

— Não sei nada a respeito disso — respondeu. — É um fato totalmente estranho.

— Muito bem. Não a reteremos por mais tempo e pedimos desculpas por lhe ter infligido esse incômodo num momento como este — disse o inspetor. — Sem dúvida, ainda restam vários pontos a examinar, mas poderemos sempre recorrer à senhora se for preciso.

Ela se levantou e surpreendi ainda uma vez o olhar de interrogação que lançou ao nosso grupo, como se dissesse: "O que acharam do meu depoimento?" Ela poderia muito bem ter feito a pergunta em voz alta. Depois deixou a sala de refeições.

— É uma mulher bonita! Uma mulher muito bonita! — murmurou MacDonald, pensativo, assim que a sra. Douglas fechou a porta. — Esse Barker viveu muito tempo aqui. É um homem que agrada às mulheres. Ele admitiu que Douglas era ciumento. Talvez seu ciúme não fosse desprovido de fundamento. Depois, há a aliança. Não podemos negligenciar isso. O homem que arranca a aliança da mão de um cadáver... O que pensa sobre isso, sr. Holmes?

Meu amigo estava sentado, apoiando a cabeça nas mãos, perdido em seus pensamentos. Levantou-se de repente e tocou a campainha.

— Ames — disse ele, quando o mordomo entrou —, onde o sr. Cecil Barker está agora?

— Vou ver, senhor.

Voltou alguns instantes mais tarde e anunciou que o sr. Barker se encontrava no jardim.

— Consegue lembrar-se, Ames, como o sr. Barker estava calçado na noite passada, quando o encontrou no gabinete?

— Sim, sr. Holmes. Estava de chinelos. Eu lhe trouxe os sapatos quando saiu para ir avisar a polícia.

— Onde esses chinelos estão agora?

— Ainda estão debaixo da cadeira, no *hall*.

— Muito bem, Ames. É muito importante, para nós, poder distinguir as pegadas que o sr. Barker deixou e as de alguém de fora.

— Sim, senhor. Posso dizer-lhe que havia notado que eles estavam manchados de sangue, mas os meus também.

— É normal, levando em conta o estado do gabinete. Muito bem, Ames. Tocaremos a campainha se precisarmos do senhor.

Alguns minutos mais tarde estávamos de volta ao gabinete. Holmes havia apanhado os chinelos no *hall*. Como Ames declarara, estavam vermelhos de sangue.

— Esquisito! — murmurou Holmes, aproximando-se da claridade da janela para examiná-los atentamente. — Muito esquisito, na verdade.

Abaixou-se com um gesto ágil de felino e colocou o chinelo sobre a mancha de sangue do parapeito. Correspondia exatamente. Ele sorriu olhando para os colegas.

Uma emoção repentina transfigurou o rosto do inspetor. Seu sotaque escocês parecia uma vareta tamborilando num corrimão de ferro.

— Meu caro — exclamou —, não há dúvida alguma. O próprio Barker colocou essa pegada na janela. Ela é claramente mais larga que uma pegada comum. Lembro-me que o senhor disse que era um pé chato, e agora temos a explicação. Mas qual é o jogo, sr. Holmes? Qual é o jogo?

— Sim. Qual é o jogo? — repetiu meu amigo, pensativo.

White Mason soltou uma risadinha e esfregou as mãos com satisfação profissional.

— Eu avisei que era um caso complicado — exclamou. — E é realmente muito complicado.

Capítulo 6

Um raio de luz

Como os três detetives tinham de averiguar muitos detalhes, decidi voltar sozinho à modesta estalagem da vila. Mas antes quis dar um passeio pelo jardim curioso que ladeava a mansão. Cercado por teixos muito antigos, continha um belo gramado com um velho relógio de sol no centro. Seu aspecto repousante teve sobre meus nervos um tanto abalados quase o efeito de um bálsamo.

Nesse ambiente cheio de paz era possível esquecer, ou lembrar somente como um pesadelo fantástico, o gabinete sombrio e o cadáver estendido, coberto de sangue, no soalho. Enquanto procurava acalmar meu espírito nesse jardim, um incidente imprevisto transportou meus pensamentos para a tragédia e me impressionou de maneira deplorável.

Eu disse que teixos muito antigos rodeavam o jardim. No ponto mais afastado da mansão eles se juntavam formando uma sebe contínua. Atrás dessa sebe, escondido dos olhares dos passantes que vinham da mansão, havia um banco de pedra. Ao me aproximar, notei o ruído de uma frase pronunciada pela voz grave de um homem e, em resposta, um risinho agudo feminino.

Um momento mais tarde contornei a sebe e vi a sra. Douglas e Barker sem que percebessem minha presença. A fisionomia da sra. Douglas me deixou atônito. Na sala de refeições ela se mostrara grave e reservada. Agora toda a simulação de dor havia desaparecido. Seus olhos cintilavam com a alegria de viver e seu rosto ainda vibrava de prazer com a frase que seu companheiro havia proferido. Ele estava sentado, inclinado para a frente, com as mãos juntas e os cotovelos sobre os joelhos. Um sorriso iluminava seu atraente rosto viril. Assim que me viram, um pouco tarde porém, retomaram uma aparência solene e cochicharam algumas palavras rápidas. Depois Barker se levantou e veio em minha direção.

— Desculpe-me, senhor — disse. — Não é ao dr. Watson que tenho a honra de falar?

Inclinei a cabeça com uma frieza que deveria mostrar-lhe, acredito, a impressão que seu comportamento causara em mim.

— Pensamos que era o senhor, pois sua amizade com o sr. Sherlock Holmes é muito conhecida. Teria a gentileza de vir por aqui? A sra. Douglas gostaria de dizer-lhe duas palavras.

Segui-o com o rosto amuado. Tinha ainda na memória a imagem do morto desfigurado no soalho. E, a poucas horas da tragédia, sua mulher e seu melhor amigo riam juntos atrás de uma moita no jardim que lhe havia pertencido. Cumprimentei a sra. Douglas com reserva. Eu havia simpatizado com a tristeza que ela manifestara na sala de refeições. Agora retribuía com um olhar frio seu rosto suplicante.

— Receio que me considere uma mulher sem coração — disse-me ela.

Encolhi os ombros.

— Não é assunto meu.

— O senhor talvez me faça justiça um dia. Se compreendesse...

— Não é necessário que o dr. Watson compreenda — interrompeu Barker. — Como ele mesmo disse, não é assunto dele.

— Exatamente — concluí. — Por isso peço permissão para retomar meu passeio.

— Um instante, dr. Watson — exclamou a sra. Douglas. — Há uma pergunta à qual pode responder com mais autoridade que qualquer outra pessoa, e espero muito dessa resposta. O senhor conhece o sr. Holmes e suas relações com a polícia melhor que ninguém. Supondo que um caso seja levado confidencialmente ao seu conhecimento, é absolutamente indispensável que ele o comunique aos detetives oficiais?

— Sim, é essa a questão — aprovou Barker, ansiosamente. — Ele trabalha por conta própria ou está completamente associado a eles?

— Não sei se sou realmente qualificado para discutir esse ponto.

— Eu lhe imploro, dr. Watson. Asseguro-lhe que nos ajudará, que me ajudará muito se nos informar sobre este assunto.

Havia na voz da sra. Douglas tal acento de sinceridade que, no momento, esqueci sua leviandade e só pensei em atender a seu desejo.

— O sr. Holmes é um investigador independente — expliquei. — Não presta contas a ninguém e age segundo seu próprio julgamento. Ao mesmo tempo, mostra-se leal aos detetives oficiais que trabalham no mesmo caso e não lhes esconderia nada que pudesse ajudá-los a entregar um criminoso à justiça. Não posso dizer nada mais além disso e sugiro-lhes que procurem o sr. Holmes em pessoa se desejam uma informação mais completa.

Ao dizer isso, levantei meu chapéu e retomei meu caminho, deixando-os sentados atrás da sebe. Virei-me ao chegar ao fim dos teixos. Eles continuavam a conversar animadamente. Como me seguiam com o olhar, minha declaração era certamente objeto de sua troca de ideias.

— Não quero de forma alguma as confidências deles — respondeu-me Holmes quando lhe comuniquei minha conversa.

Ele passara a tarde inteira na mansão com os dois colegas e voltara às cinco horas com um apetite voraz para o chá que eu havia pedido.

— Nada de confidências, Watson — repetiu. — Seriam muito embaraçosas, se houver uma prisão por assassinato premeditado.

— Acha que nos encaminhamos para isso?

Holmes estava num de seus estados de espírito mais alegres e cordiais.

— Caro Watson, depois de devorar este quarto ovo estarei disposto a descrever-lhe toda a situação. Não digo que já resolvemos o enigma, longe disso. Mas, quando encontrarmos o haltere que falta...

— O haltere!

— Meu Deus, Watson, é possível que não tenha adivinhado que todo o caso gira em torno desse haltere que sumiu? Ora, ora, não fique aborrecido, pois cá entre nós não creio que o inspetor MacDonald ou o excelente especialista local tenham avaliado em seu justo valor a importância excepcional desse detalhe. Um haltere, Watson! Um só haltere! Imagine um atleta com um só haltere. Represente o desenvolvimento unilateral, o risco evidente de um desvio da coluna vertebral. É algo chocante e absurdo, Watson, não lhe parece?

Holmes mastigava uma torrada e seus olhos cintilavam de malícia, divertindo-se com minha confusão. Seu apetite era uma garantia de sucesso, pois eu me lembrava dos dias e das noites em que ele não pensava em comer nem em beber porque sua mente frustrada se irritava diante de um problema. Finalmente, acendeu o cachimbo e, sentado no canto da lareira da velha estalagem de campo, pôs-se a falar lentamente e de modo um pouco desconexo, mais como alguém que pensa em voz alta que como um detetive que faz uma declaração madura e refletida.

— Uma mentira, Watson. Uma grande mentira. Uma mentira enorme, flagrante, absoluta. Era o que nos esperava desde o início. Este é o nosso ponto de partida. Toda a história de Barker é uma mentira. Mas é confirmada pela sra. Douglas. Portanto, ela também mente. Os dois mentem de comum acordo. Agora nos encontramos diante de um problema simples: por que eles mentem e qual é a verdade que tentam com tanto cuidado esconder? Vamos tentar, Watson, você e eu, furar essa cortina de mentiras e reconstituir a verdade.

Como sei que estão mentindo? Porque é uma invenção torpe que simplesmente não pode ser verdade. Reflita. Segundo a história que nos foi contada, o assassino teve menos de um minuto depois do crime para pegar a aliança, que estava embaixo de outro anel, substituir o outro anel, coisa que não tinha motivo para fazer, e depositar este cartão singular ao lado da vítima. Digo que é impossível.

Você poderá arguir e dizer, por exemplo — e respeito muito, Watson, o seu julgamento, para supor que o fará —, que a aliança pôde ser retirada antes da morte de Douglas. Mas o fato de que a vela esteve acesa por pouco tempo mostra que a conversa deve ter sido breve. Além disso, um homem como Douglas, cuja coragem intrépida ouvimos elogiar, teria retirado sua aliança à primeira imposição do assassino? E podemos imaginar que se teria separado dela diante do pior dos riscos? Não, Watson, o assassino permaneceu sozinho com o cadáver por algum tempo depois de acender a lâmpada. Não tenho dúvida alguma sobre isso.

Mas o tiro foi, aparentemente, a causa da morte. Portanto, deve ter sido dado um pouco antes do que nos declararam. Não pode tratar-se de um erro involuntário. Encontramo-nos, por conseguinte, diante de uma verdadeira conspiração da parte das duas pessoas que ouviram a detonação: Barker e a sra. Douglas. Quando, acima de tudo, tenho condições de estabelecer que a mancha de sangue no parapeito da janela foi posta ali de propósito por Barker para induzir a polícia em erro, você admitirá que o caso assume proporções inquietantes para ele.

Agora vamos tentar determinar a hora real em que o crime foi cometido. Até as dez e meia os domésticos circularam pela mansão. Portanto, ele não ocorreu antes desse horário. Às dez e quarenta e cinco todos haviam-se recolhido a seus quartos, menos Ames, que estava na copa. Esta tarde, depois que você saiu, fiz alguns testes e verifiquei que nenhum dos barulhos que MacDonald fazia no gabinete chegava à copa quando todas as portas estavam fechadas.

O mesmo não acontece, porém, em relação ao quarto da governanta. Ele não está longe do corredor, e dele pude ouvir vagamente um barulho de vozes quando as pessoas falavam muito alto. O som de uma detonação é até certo ponto abafado quando o tiro é dado à queima-roupa, e foi incontestavelmente o que aconteceu. A detonação sem dúvida não foi muito ruidosa. Mesmo assim, no silêncio da noite, deveria ter sido ouvida no quarto da sra. Allen. Ela nos disse que é um pouco surda. Porém, mencionou em seu depoimento que ouviu algo como uma porta batendo meia hora antes do alarme. Meia hora antes do alarme eram quinze para as onze. Tenho quase certeza de que o que ela ouviu foi o disparo, e que é nessa hora que o crime deve ser situado.

Se é assim, temos agora de determinar o que o sr. Barker e a sra. Douglas fizeram, admitindo que não sejam os verdadeiros assassinos, entre quinze para as onze, quando o barulho do estampido os fez descer, e onze e quinze, quando tocaram a campainha chamando os domésticos. O que eles faziam? Por que não deram o alarme imediatamente? Essa é a questão com que nos defrontamos. Quando respondermos a ela teremos dado um grande passo para resolver o problema.

— Quanto a mim — disse eu —, estou convencido de que existe uma cumplicidade entre essas duas pessoas. Ela não deve ter realmente coração para rir algumas horas depois que o marido morreu.

— Precisamente. Não se comporta como uma boa esposa e parecia muito fria durante seu depoimento. Não sou admirador incondicional do sexo feminino, como você sabe, Watson, mas minha experiência de vida me ensinou que poucas mulheres com um mínimo de sentimento pelo marido aceitariam que uma simples palavra as afastasse do cadáver dele. Se eu me casar um dia, Watson, espero inspirar à minha mulher um sentimento que a impeça de se deixar levar docilmente por uma governanta quando meu cadáver estiver a alguns metros. A encenação foi ruim, pois até o investigador mais inexperiente ficaria surpreso com a ausência das habituais lamentações femininas. Na falta de outra coisa, esse incidente ter-me-ia sugerido uma trama planejada.

— Acha então que Barker e a sra. Douglas são culpados do assassinato?

— Há em suas perguntas, Watson, uma ausência consternadora de gradações — suspirou Holmes, ameaçando-me com seu cachimbo. — Chegam a mim como balas de canhão. Se quer dizer que a sra. Douglas e Barker conhecem a verdade sobre o crime e se entendem para escondê-la, então posso responder-lhe com certeza: sim. Mas sua conclusão, muito mais terrível, não me parece totalmente demonstrada. Examinemos, por um instante, as dificuldades que temos de superar no caminho.

Suponhamos que este casal esteja unido pelos laços de um amor culpado, que Barker e a sra. Douglas tenham decidido se livrar do homem que é seu obstáculo supremo. É uma suposição audaciosa, pois uma investigação discreta junto aos domésticos e às pessoas da região não permite absolutamente estabelecê-lo. Ao contrário, tudo parece indicar que os Douglas eram muito unidos.

— Tenho certeza de que isso não pode ser verdade — interrompi, lembrando-me do belo rosto sorridente que vira no jardim.

— Pelo menos eles davam essa impressão. Suponhamos, por conseguinte, que o casal culpado era extraordinariamente astucioso, o suficiente para enganar todo o mundo e para conspirar a morte do marido. Esse é um homem sobre cuja cabeça parece pairar certo perigo.

— Hipótese que nos foi sugerida só por eles.

Holmes refletiu.

— Entendo, Watson. Você está construindo uma teoria segundo a qual tudo o que eles disseram é falso desde o princípio. Em sua opinião, não houve nenhuma ameaça, nem sociedade secreta, nem vale do terror, nem grão-mestre Não-sei-quem. Consideremos a que nos levam suas negações. Eles inventam essa teoria para explicar o crime. Depois têm a ideia de deixar uma bicicleta no parque para provar a existência de um forasteiro. A mancha no parapeito da janela faz parte da mesma ideia. Do mesmo modo o cartão sobre o cadáver, que poderia ter sido preparado na mansão. Tudo isso se encaixa na sua hipótese, Watson. Mas agora chegamos aos detalhes insolúveis que não se encaixam mais. Por que uma arma serrada? E por que uma arma americana? Como poderiam ter a certeza de que o tiro não seria ouvido por ninguém? Foi por acaso, de fato, que a sra. Allen não saiu de seu quarto por causa da porta que teria batido. Por que seu casal culpado teria agido dessa maneira, Watson?

— Confesso que não posso explicar.

— E mais: se uma mulher e seu amante se entendem para matar o marido, vão exibir o crime retirando a aliança depois de sua morte? É uma eventualidade provável, Watson?

— Não, não parece.

— E ainda isto: se você tivesse a ideia de deixar uma bicicleta escondida fora, não a teria descartado ao refletir que o detetive mais obtuso diria naturalmente que se trata de um estratagema estúpido, pois a bicicleta era a primeira coisa de que o fugitivo precisava para conseguir fugir?

— Não encontro explicação para isso.

— Entretanto, nenhuma combinação de acontecimentos escapa à explicação humana. Uma espécie de exercício mental, sem nenhuma garantia de verdade, indica-me uma linha possível que corresponde aos fatos. É, confesso, um trabalho de pura imaginação, mas quantas vezes a imaginação não se revelou mãe da verdade?

Suponhamos que havia um segredo, algo realmente vergonhoso, na vida desse Douglas. Isso levou a seu assassinato por alguém de fora; suponho um vingador. Esse vingador, por algum motivo que, confesso, ainda não consegui determinar, escamoteou a aliança do morto. A *vendetta* poderia remontar razoavelmente ao primeiro casamento de Douglas, o que justificaria o roubo da aliança. Antes que esse vingador pudesse fugir, Barker e a sra. Douglas entraram no gabinete. O assassino conseguiu convencê-los de que sua detenção ocasionaria a divulgação de um escândalo abominável. Eles aderiram a essa ideia e preferiram deixá-lo fugir. Com esse objetivo, provavelmente baixaram a ponte levadiça, o que podiam fazer sem ruído, e a suspenderam em seguida. O assassino pôde, assim, fugir e, por uma razão que ignoro, pensou que era melhor partir a pé que de bicicleta. Deixou-a, portanto, num lugar onde não corria o risco de ser descoberta antes que ele estivesse em segurança. Até aí estamos nos limites do possível, não lhe parece?

— É possível, sem dúvida — respondi sem convicção.

— Devemos nos lembrar, Watson, de que o que aconteceu foge evidentemente ao trivial. Retomemos a minha hipótese. O casal, não necessariamente culpado, entendeu, depois da partida do criminoso, que se encontra em situação delicada: pois, como provar que eles não mataram ou não eram coniventes com o criminoso? Rapidamente, e um pouco desajeitadamente, modificaram suas decisões. Barker deixou a impressão de seu chinelo manchado de sangue no parapeito da janela para sugerir o modo como o assassino se evadiu. Com toda a evidência, só eles ouviram a detonação. Então deram o alarme, mas uma boa meia hora depois do acontecimento.

— E como pretende provar tudo isso?

— Se fosse um estranho, poderia ser encontrado e preso. Essa seria a melhor de todas as provas. Em caso contrário... bem, os recursos da ciência estão longe de se terem esgotado. Penso que uma noite sozinho naquele gabinete me ajudaria muito.

— Uma noite sozinho?

— Tenho a intenção de ir agora mesmo até lá. Acertei tudo com o prestativo Ames, o qual não manifesta nenhuma simpatia por Barker. Ficarei sentado naquele aposento, e seu clima talvez me inspire. Acredito no *genius loci*. Você ri, amigo Watson? Bem, veremos. A propósito, está com seu guarda-chuva enorme aqui, não é?

— Está aqui comigo.

— Peço-o emprestado, se me permite.

— Certamente. Mas é uma arma ridícula. Se ocorrer algum perigo...

— Não haverá nenhum perigo sério, caro Watson. Caso contrário solicitarei sua ajuda. Vou levar o guarda-chuva. Agora só espero o retorno de nossos colegas de Tunbridge Wells, onde procuram identificar o dono da bicicleta.

A noite havia caído quando o inspetor MacDonald e White Mason voltaram de sua expedição. Estavam exultantes. Traziam notícias que faziam a investigação dar um grande passo.

— O senhor sabe que tive minhas dúvidas quanto à intrusão de alguém de fora — disse MacDonald. — Mas elas se dissiparam. Identificamos a bicicleta e temos a descrição do nosso homem.

— Tenho a impressão de que chegamos ao começo do fim — disse Holmes. — Parabenizo os dois de todo o coração.

— Bem, parti do fato de que o sr. Douglas parecia contrariado na véspera do crime, ao voltar de Tunbridge Wells. Foi, portanto, em Tunbridge Wells que teve a revelação de um perigo qualquer. Por conseguinte, se alguém veio aqui de bicicleta, provavelmente saiu de Tunbridge Wells. Levamos a bicicleta e a mostramos nos hotéis. Imediatamente o gerente do Águia Comercial a identificou como pertencente a um suposto Hargrave, que alugou um quarto dois dias antes. Esse Hargrave só tinha como bagagem a bicicleta e uma pequena mala. Registrara-se como procedente de Londres, sem dar o endereço. A mala foi fabricada em Londres e seu conteúdo é inglês, mas o homem era incontestavelmente americano.

— Muito bem — disse Holmes, alegremente. — Fizeram um bom trabalho, enquanto eu permaneci sentado aqui divagando com meu amigo Watson. Isto, sim, é que é ser prático, sr. Mac.

— É como o senhor disse — respondeu o inspetor, com uma satisfação evidente.

— Essa descoberta pode encaixar-se em sua teoria — disse eu a Holmes.

— Talvez sim, talvez não. Mas vamos ouvir o fim. Diga-me, sr. Mac, não encontrou nada que permita identificar esse homem?

— Tão poucas coisas que, com toda a evidência, ele tomava grande cuidado para manter o anonimato. Nem documentos, nem cartas nem marcas nas roupas. Em cima de sua mesa havia um mapa da região. Saiu do hotel ontem depois do café da manhã, montou na bicicleta e ninguém mais ouviu falar dele.

— É justamente isso que me deixa perplexo, sr. Holmes — interveio White Mason. — Pois, se esse indivíduo não queria chamar a atenção, deveria ter voltado e permanecido no hotel como turista inofensivo. Mas, da maneira como fez, devia imaginar que o gerente do hotel iria denunciar seu desaparecimento à polícia e que esta estabeleceria a ligação entre seu desaparecimento e o crime.

— Sem dúvida. Até agora, em todo caso, temos de elogiar sua astúcia, pois ainda não foi preso. Mas o senhor tem sua descrição?

MacDonald consultou sua caderneta de anotações.

— Aqui estão os dados que pudemos obter. Parece que ninguém prestou muita atenção no nosso homem, mas mesmo assim o porteiro, o recepcionista e a camareira concordaram que é um homem com cerca de um metro e oitenta, de aproximadamente cinquenta anos, com cabelos e bigode grisalhos, nariz adunco e uma expressão que todos descreveram como ameaçadora e antipática.

— Com exceção desse último detalhe, poderia ser a descrição do próprio Douglas — argumentou Holmes. — Ele tem um pouco mais de 50 anos, cabelos e bigode grisalhos e aproximadamente a mesma estatura. Há mais alguma coisa?

— Estava usando um traje cinza, um casaco amarelo curto e um boné.

— Nada sobre a arma?

— Uma arma de sessenta centímetros de comprimento podia perfeitamente caber em sua mala ou ser escondida debaixo do casaco.

— E como situam essas informações no quadro geral do caso?

— Bem, sr. Holmes — respondeu MacDonald —, quando pegarmos nosso homem (e, acredite em mim, sua descrição foi transmitida por telegrama cinco minutos depois que a obtive) teremos melhores condições para discutir. Mas, no estado atual das coisas, sabemos que um americano que disse chamar-se Hargrave chegou anteontem a Tunbridge Wells com uma bicicleta e uma mala. Nesta havia uma escopeta serrada. Ele veio, portanto, com a intenção deliberada de cometer um crime. Na manhã de ontem dirigiu-se de bicicleta a Birlstone com a arma escondida dentro do casaco. Pelo que soubemos, ninguém o viu chegar aqui. Mas ele não precisava atravessar a vila para chegar ao portão do parque e são muitos os ciclistas que circulam na estrada. Provavelmente escondeu logo a bicicleta no meio dos arbustos, onde foi encontrada, e sem dúvida ele mesmo se escondeu ali, vigiando a casa e esperando que o sr. Douglas saísse. A escopeta é uma arma estranha para ser usada no interior de uma casa. Mas o assassino tinha a intenção de usá-la fora. Ali, a escopeta apresentava duas vantagens óbvias: primeiro ela mataria o homem evidentemente; em seguida o barulho do disparo seria tão comum numa área de caça inglesa que não chamaria a atenção de ninguém.

— É muito claro — disse Holmes.

— Mas o sr. Douglas não saiu. O que o assassino podia fazer então? Abandonou a bicicleta e se aproximou da mansão ao escurecer. Encontrou a ponte baixada e as proximidades desertas. Correu o risco, tendo sem dúvida preparado uma desculpa se encontrasse alguém. Não encontrou ninguém. Esgueirou-se no aposento mais próximo e se escondeu atrás da cortina. Dali pôde ver a ponte ser erguida e compreendeu que precisaria atravessar o fosso para escapar. Esperou até as quinze para as onze. Nessa hora o sr. Douglas, ao fazer sua ronda habitual, entrou no gabinete. Ele o matou e fugiu. Sabia que sua bicicleta poderia ser reconhecida pelo pessoal do hotel. Por isso a abandonou e se dirigiu por outro meio de locomoção a Londres ou a qualquer outro esconderijo. O que pensa disso, sr. Holmes?

— Bem, sr. Mac, está muito bom e muito claro, por enquanto. Aqui termina a sua história. Minha conclusão é que o crime foi cometido meia hora antes do que nos disseram; que a sra. Douglas e o sr. Barker se entendem para esconder alguma coisa; que facilitaram a fuga do assassino, ou pelo menos entraram no gabinete antes que ele fugisse; que fabricaram os indícios de sua fuga pela janela; que, segundo toda a probabilidade, o deixaram ir embora baixando a ponte levadiça. Essa é minha interpretação da primeira parte da história.

Os dois detetives abanaram a cabeça.

— Se a sua versão é exata, sr. Holmes — disse o inspetor MacDonald —, somente mudamos de mistério.

— E em alguns aspectos tropeçamos num mistério mais inexplicável ainda — acrescentou White Mason. — A sra. Douglas nunca esteve na América. Que relação possível ela teria com um assassino americano, relação tão forte para levá-la a protegê-lo?

— Admito todas as dificuldades que se apresentam — disse Holmes. — Proponho-me a proceder esta noite a uma pequena investigação, e não é impossível que ela contribua para a causa comum.

— Podemos ajudá-lo, sr. Holmes?

— Não, não. Preciso de pouca coisa: a escuridão e o guarda-chuva do dr. Watson. E Ames, o fiel Ames, me fará uma pequena concessão. Todos os meus pensamentos convergem invariavelmente para o mesmo problema de base: por que um atleta exercitaria seus músculos com um instrumento tão anormal quanto um só e único haltere?

Era noite alta quando Holmes voltou de sua excursão solitária. Dormíamos num quarto de duas camas. Era o máximo que nos podia oferecer uma pequena estalagem do interior. Eu já estava dormindo, e acordei quando ele chegou.

— Então, Holmes — murmurei —, descobriu alguma coisa?

Ele estava ao meu lado sem falar, com uma vela na mão. Inclinou-se para me sussurrar ao ouvido:

— Diga-me, Watson, não tem medo de dormir no mesmo quarto com um lunático, um indivíduo de miolo mole, um idiota que perdeu a razão?

— De jeito nenhum — respondi, admirado.

— Ah, estou com sorte — suspirou ele.

E não pronunciou mais nenhuma palavra naquela noite.

Capítulo 7

A SOLUÇÃO

Na manhã seguinte, depois da refeição matinal, fomos ao encontro do inspetor MacDonald e do sr. White Mason. Estavam reunidos em conversa animada na sala do posto de polícia local. Sobre a mesa à qual estavam sentados amontoavam-se numerosas cartas e telegramas, que eles selecionavam e catalogavam cuidadosamente. Três já haviam sido postas de lado.

— Ainda no encalço do ciclista que se evadiu? — perguntou Holmes, cordialmente. — Quais são as últimas notícias desse patife?

MacDonald apontou com um gesto desanimado sua pilha de correspondência.

— Até agora foi visto em Leicester, Nottingham, Southampton, Derby, East Ham, Richmond e em catorze outras localidades. Em três delas, East Ham, Leicester e Liverpool, as evidências contra ele eram tão fortes que foi detido. O país parece estar cheio de fugitivos com casaco amarelo.

— Meus pobres amigos! — exclamou Holmes com uma voz impregnada da mais cordial simpatia. — Escutem-me, sr. Mac e sr. White Mason. Eu gostaria de dar-lhes um conselho muito sério. Quando me interessei pelo caso, declarei, devem lembrar-se, que eu não lhes apresentaria teorias pela metade, mas que trabalharia como franco-atirador enquanto não tivesse certeza da exatidão de minhas hipóteses. Essa é a razão que me impede de dizer-lhes desde já tudo o que tenho em mente. Por outro lado, eu disse que jogaria lealmente com os senhores. Não creio que seja justo de minha parte deixá-los desperdiçar energia em tarefas sem proveito. Por isso vim vê-los esta manhã para lhes dar minha sugestão. Ela se resume em três palavras: abandonem o caso.

MacDonald e White Mason olharam o colega famoso com espanto.

— Considera-o como tempo perdido? — exclamou o inspetor.

— Considero que o caso, da maneira como o conduzem, é tempo perdido. Mas não considero que seja impossível alcançar a verdade.

— Mas esse ciclista não é uma invenção. Temos sua descrição, sua mala, a bicicleta. Ele deve encontrar-se em alguma parte. Por que não o apanhamos?

— Sim, sim! Sem dúvida ele se encontra em alguma parte, e sem dúvida o encontraremos, mas eu não gostaria que perdessem seu tempo do lado de Liverpool ou de East Ham. Estou certo de que atingiremos o objetivo num raio muito mais restrito.

— O senhor nos esconde alguma coisa. Não é elegante de sua parte — protestou o inspetor, visivelmente contrariado.

— Conhece os meus métodos, sr. Mac. O que sei lhes ocultarei o mínimo de tempo possível. Quero somente verificar os detalhes. Essa verificação logo será feita. Depois disso me despedirei e voltarei para Londres, não sem lhes ter comunicado todos os meus resultados. Devo-lhes muito para agir de maneira diferente, pois, após rebuscar em minha memória, não me recordo de um caso mais singular e interessante.

— Isso está além de minha compreensão, sr. Holmes. Nós o vimos ontem à noite, quando voltamos de Tunbridge Wells, e estava de modo geral de acordo com nossos resultados. O que aconteceu neste meio-tempo que transformou radicalmente seu ponto de vista?

— Bem, já que me perguntam, passei algumas horas ontem à noite na mansão.

— E o que aconteceu?

— Por ora não posso sair das generalidades. A propósito, li um texto curto, porém claro e interessante, sobre a velha mansão. Comprei-o pela módica quantia de um *penny* na tabacaria local.

Holmes tirou do bolso uma pequena folha de papel enfeitada com uma gravura rudimentar que representava o antigo castelo feudal.

— Uma investigação adquire um sabor novo, caro sr. Mac, quando experimentamos uma atração pela atmosfera histórica do lugar. Não se impacientem. Asseguro-lhes que um texto, mesmo simples como este, proporciona ao espírito uma boa representação do passado. Permitam-me ler um trecho: "Construída no quinto ano do reinado de Jaime I, na área de um castelo muito mais antigo, a Mansão de Birlstone oferece uma das mais belas imagens intactas de uma residência com fossos da época dos jacobitas..."

— Está nos fazendo de bobos, sr. Holmes.

— Calma, calma, sr. Mac! É a primeira vez, desde que o conheço, que o vejo de mau humor. Bem. Não prosseguirei a leitura, já que parece irritá-lo. Mas, se eu disser que este documento relata que um coronel do Parlamento conquistou essa mansão em 1644, que o rei Carlos VI se escondeu nela por alguns dias durante a Guerra Civil e que Jorge II permaneceu ali, o senhor concordará que vários fatos importantes ocorreram nessa velha casa.

— Não duvido disso, sr. Holmes, mas esses fatos não têm nada a ver com nosso caso.

— O senhor acha? Precisamos ter uma visão ampla, caro sr. Mac, se quisermos ser bem-sucedidos em nossa profissão. A troca de ideias e um conjunto de noções múltiplas e cruzadas sempre oferecem um interesse extraordinário. Perdoe estas observações de um homem que, embora seja um simples amador em ciência do crime, é mais velho e talvez mais experiente.

— Sou o primeiro a reconhecer isso — respondeu o detetive, exaltado. — O senhor chega ao objetivo, admito, mas tem uma maneira um tanto extravagante de consegui-lo.

— Bem, deixarei de lado a história do passado e voltarei aos fatos do presente. Como já disse, ontem à noite fui à mansão. Não vi o sr. Barker nem a sra. Douglas. Não havia necessidade de incomodá-los, mas fiquei feliz ao saber que a senhora não definhava a olhos vistos e tinha jantado muito bem. Minha visita tinha como objetivo especial o bom sr. Ames. Troquei com ele algumas amabilidades que terminaram com sua autorização, sobre a qual ele não falará a ninguém, de permanecer sozinho por algum tempo no gabinete do crime.

— Como! Ao lado daquele... — exclamei.

— Não. Agora tudo está em ordem. O senhor deu a permissão para remover o cadáver, sr. Mac, segundo me disseram. O aposento se encontrava, portanto, em seu estado normal, e passei ali momentos instrutivos.

— Como assim?

— Não farei mistério de uma coisa tão simples. Eu procurava o haltere que faltava. Em minha apreciação dos fatos, o haltere desaparecido tinha um peso muito grande. Acabei encontrando-o.

— Onde?

— Ah, aqui tocamos no domínio do que não foi verificado. Deixem-me prosseguir um pouco mais em minhas investigações e prometo-lhes que em seguida saberão tudo o que sei.

— Somos obrigados a passar por onde quer — resmungou o inspetor. — Mas daí a admitir que devemos abandonar o caso... Enfim, em nome do Céu, por que abandonar o caso?

— Pela simples razão, caro sr. Mac, de que não têm a menor ideia do objetivo de sua investigação.

— Estamos procurando o assassino do sr. John Douglas, da Mansão de Birlstone.

— Sim. É isso que estão fazendo. Mas não percam tempo procurando o misterioso turista de bicicleta. Afirmo-lhes que essa investigação não os levará a lugar algum.

— Então o que nos sugere?

— Eu lhes direi exatamente o que fazer, se estiverem dispostos a fazê-lo.

— Bem, reconheço que sempre teve razão, apesar de todas as suas esquisitices. Farei o que me aconselhar.

— E o senhor, sr. White Mason?

O detetive local olhou ao redor, perplexo. Holmes e seus métodos eram novidade em Birlstone.

— Bem, já que o inspetor concorda, também concordarei — resmungou por fim.

— Ótimo! — concluiu Holmes. — Vou, portanto, recomendar aos dois um sadio e alegre passeio pelo campo. Disseram-me que o panorama que se vê do alto de Birlstone, sobre o Weald, é notável. Sem dúvida, o almoço pode ser feito em alguma estalagem apropriada, embora minha ignorância da região me proíba citar uma. À noite, cansados mas satisfeitos...

— Meu caro, passou dos limites! — bradou MacDonald, levantando-se furioso da cadeira.

— Bom. Passem então o dia como acharem melhor — disse Holmes, dando-lhe uma palmadinha nas costas. — Façam o que lhes agradar e vão aonde quiserem, mas encontrem-se aqui comigo sem falta antes do anoitecer. Sem falta, sr. Mac.

— Esta me parece uma ideia mais razoável.

— Eu queria dar-lhes um conselho excelente. Mas não insisto mais, desde que estejam aqui na hora em que precisar dos senhores. Agora, antes de deixá-los, quero que escrevam um bilhete ao sr. Barker.

— Sim?

— Eu o ditarei, se preferirem. Prontos?

> Prezado senhor, julgamos ser nosso dever esvaziar o fosso, na esperança de podermos encontrar...

— Impossível! — protestou o inspetor. — Já pesquisei para saber se era viável. Não há como secar o fosso.

— Calma, calma, caro senhor! Escreva, por favor, o que estou pedindo.

— Bem, continue.

> ... na esperança de podermos encontrar um elemento novo relacionado com a investigação. Já tomei as disposições, e os operários estarão trabalhando amanhã cedo para desviar o curso do regato...

— Repito-lhe que é impossível.

... para desviar o curso do regato. Por isso considerei oportuno avisá-lo antecipadamente.

— Agora assinem. Entreguem essa mensagem em mãos pelas quatro horas. É a hora em que nos encontraremos aqui. Enquanto esperamos, cada um poderá fazer o que achar melhor, pois asseguro que a investigação chegou a um momento importante.

A noite caía quando nos encontramos de novo. Holmes estava muito sério, eu estava curioso e os detetives visivelmente céticos.

— Muito bem, senhores — começou ele gravemente — peço agora que verifiquem comigo tudo o que vou submeter-lhes. Julguem por si mesmos se as observações que fiz justificam as conclusões a que cheguei. A noite está fria, e não sei quanto tempo nossa expedição vai durar. Por isso recomendo que vistam suas roupas mais quentes. É da maior importância que estejamos em nosso posto antes que escureça completamente. Com sua permissão, vamos partir imediatamente.

Caminhamos ao longo da orla externa do parque da mansão e chegamos diante de uma abertura na cerca que o rodeava. Entramos por essa passagem. Holmes nos levou atrás de um pequeno bosque de árvores baixas situado quase em frente da porta principal e da ponte, que não havia sido erguida. Holmes se agachou atrás dos loureiros e seguimos seu exemplo.

— Então, o que vamos fazer? — indagou MacDonald, com voz ríspida.

— Armar nossos espíritos de paciência e fazer o menor barulho possível — respondeu Holmes.

— Afinal, por que estamos aqui? Acho realmente que deveria mostrar-se mais claro.

Holmes se pôs a rir.

— Watson — disse ele — retorna continuamente a um tema que aprecia. Declara que sou o dramaturgo da vida real.

Há em mim certa veia artística que me chama com insistência à cena. Nossa profissão, sr. Mac, seria monótona e sórdida se de tempos em tempos não procedêssemos a uma encenação sábia para exaltar nossos resultados. A acusação brutal, a mão no colarinho, como pode ser julgado semelhante evento? Mas a dedução sutil, a cilada astuciosa, a previsão hábil dos acontecimentos futuros, a comprovação vitoriosa das teorias mais ousadas, tudo isso não é o orgulho e a justificação do trabalho de nossa vida? Agora o senhor se emociona com o encanto da situação e vibra com a ansiedade do caçador. Estariam neste estado se eu fosse tão preciso como um horário de trem? Peço-lhes somente um pouco de paciência, sr. Mac, e tudo se esclarecerá.

— Bem, espero que o orgulho, a justificação e tudo o mais nos sejam concedidos antes que morramos de frio — murmurou o detetive de Londres, com uma resignação cômica.

Tínhamos todos bom motivo para nos associar a esse desejo, pois nossa espera se arrastou fastidiosamente. Lentamente as sombras escureceram em cima da fachada melancólica e extensa da velha casa. Uma névoa fria e úmida vinda do fosso nos gelava até os ossos e nos fazia bater os dentes. Uma única lâmpada estava acesa em cima da porta de entrada e um globo de luz brilhava no aposento do crime. Em outros lugares era noite escura.

— Quanto tempo isso vai durar? — perguntou o inspetor, de repente. — E o que esperamos aqui?

— Não sei mais que o senhor quanto tempo nossa espera durará — respondeu Holmes, secamente. — Se os criminosos regulassem sempre seus deslocamentos como os trens, seria cômodo para todos nós. Quanto ao que nós... Bem, aí está o que esperamos.

Enquanto falava, a luz brilhante do gabinete foi ocultada momentaneamente por alguém que passava e repassava em frente e atrás dela. Os loureiros onde estávamos escondidos ficavam exatamente em frente da janela, a não mais de quarenta metros. A janela logo se abriu rangendo e notamos um perfil masculino a perscrutar as trevas. Durante alguns minutos os olhos do homem observaram a noite de maneira furtiva, como se quisesse ter certeza de que ninguém o via. Então se inclinou para a frente e, no silêncio absoluto, ouvimos o leve marulho de água sendo agitada. Tive a impressão de que ele mergulhava no fosso um objeto que tinha na mão. Finalmente levantou, com o movimento do pescador que fisgou um peixe, alguma coisa grande e redonda que encobriu a luz ao passar pela janela aberta.

— Agora! — gritou Holmes. — Vamos!

Pusemo-nos de pé, cambaleando atrás dele com as pernas entorpecidas. Holmes, com uma das explosões de energia nervosa que podia fazer dele em certas ocasiões o homem mais ágil ou mais forte que já conheci, atravessou velozmente a ponte levadiça e tocou a campainha violentamente. Do outro lado da porta, ferrolhos giraram. Ames, atônito, apareceu na soleira. Holmes afastou-o sem uma palavra e, seguido por nós três, atirou-se em direção ao aposento onde se encontrava o homem cujos gestos havíamos espreitado.

A lâmpada a óleo sobre a mesa representava o globo de luz que vimos de fora. Estava no momento na mão de Cecil Barker, que a dirigiu para nós quando entramos. Iluminou seu rosto determinado e enérgico e seus olhos ameaçadores.

— O que significa isso? — gritou. — O que estão procurando?

Holmes lançou um olhar rápido ao redor dele e se precipitou para um pacote molhado e amarrado que fora jogado embaixo da escrivaninha.

— Aqui está o que procuramos, sr. Barker. Este pacote, carregado com um haltere, que o senhor acaba de retirar do fundo do fosso.

Barker olhou Holmes com espanto.

— Como diabo sabe da existência desse haltere? — perguntou.

— Simplesmente porque eu o coloquei lá.

— O senhor o colocou lá? O senhor?

— Talvez devesse dizer que o recoloquei lá — retificou Holmes. — O senhor se lembra, inspetor MacDonald, que fiquei admirado com a ausência de um haltere. Falei-lhe disso, mas, sob a pressão de outros acontecimentos, o senhor não teve tempo para conceder-lhe a consideração que lhe permitiria fazer algumas deduções. Quando a água está próxima e falta um peso, não é temerário supor que alguma coisa foi escondida dentro da água. Valia a pena pelo menos verificar essa ideia. Com a ajuda de Ames, que me introduziu no aposento, e o cabo recurvo do guarda-chuva do dr. Watson, pude na noite passada erguer este pacote e examiná-lo. Entretanto, era fundamental provar quem o colocou lá. Conseguimos isso graças ao anúncio da drenagem do fosso para amanhã. Ela obrigaria o homem que havia escondido esse pacote a retirá-lo assim que a escuridão lhe parecesse propícia. Somos quatro testemunhas que citarão o nome daquele que se aproveitou da ocasião. Penso, portanto, sr. Barker, que tem de se explicar.

Sherlock Holmes depositou o pacote, que ainda escorria água, sobre a mesa, ao lado da lâmpada, e desfez o barbante que o cercava. Começou extraindo um haltere, que atirou para junto do irmão gêmeo no canto. Depois tirou um par de sapatos.

— Sapatos americanos, como estão vendo — observou, apontando os bicos quadrados.

Colocou em seguida sobre a mesa uma longa faca metida na bainha. Por fim desembrulhou um fardo de roupas que incluía um jogo completo de vestes íntimas, um par de meias, um terno esportivo cinzento e um casaco curto e amarelo.

— As roupas são comuns — declarou Holmes. — Só o casaco é muito sugestivo.

Ele o expôs delicadamente à luz. Seus longos dedos finos deslizaram sobre o tecido.

— Aqui, como podem verificar, o bolso interno se prolonga no forro de modo que pode dar espaço amplo para uma escopeta serrada. A etiqueta do alfaiate está na gola: "Neale, Roupas Masculinas, Vermissa, EUA". Passei a tarde na biblioteca do diretor da escola e aperfeiçoei meus conhecimentos aprendendo que Vermissa é uma pequena cidade próspera situada num dos vales de ferro e carvão mais famosos dos Estados Unidos. Se bem me lembro, sr. Barker, o senhor estabeleceu uma relação entre os distritos do carvão e a primeira mulher do sr. Douglas. Não seria muito ousado deduzir que as letras V. V. no cartão encontrado junto ao morto significam Vale de Vermissa, e que esse mesmo vale, que envia mensageiros da morte tão longe, é o vale do terror de que ouvimos falar. Tudo isso é suficientemente claro. E agora, sr. Barker, é sua vez.

O espetáculo que o rosto de Cecil Barker ofereceu durante a exposição do grande detetive não foi banal. Raiva, espanto, consternação e embaraço se expressaram alternadamente nele. Por fim, ele se refugiou na ironia cáustica.

— O senhor sabe tantas coisas, sr. Holmes, que talvez fosse melhor que nos falasse mais — sorriu desdenhosamente.

— Eu poderia sem dúvida falar-lhe mais, sr. Barker. Mas teria mais graça se o senhor mesmo dissesse.

— O senhor acha? Tudo o que posso dizer é que, se existe um segredo aqui, não é meu segredo, e que não sou homem de traí-lo.

— Se entende desse modo, sr. Barker — disse o inspetor tranquilamente —, seremos obrigados a mantê-lo sob vigilância até recebermos um mandado de prisão.

— Pode agir como achar melhor — respondeu Barker em tom de desafio.

O confronto parecia terminado, pois era suficiente olhar aquele rosto de granito para compreender que nenhuma ameaça o levaria a falar contra sua vontade. Mas uma voz de mulher rompeu o desacordo insuperável. A sra. Douglas, que ouvira atrás da porta entreaberta, entrou no gabinete.

— Você fez muito por nós, Cecil — disse ela. — Aconteça o que acontecer no futuro, você fez muito.

— E até demais — aprovou Sherlock Holmes, gravemente. — Tenho muita simpatia pela senhora, madame, e lhe suplico com insistência que confie em nossas leis e ponha espontaneamente a polícia a par de tudo. Pode ser que eu mesmo tenha culpa por não ter aproveitado a oferta que me fez por intermédio de meu amigo, o dr. Watson. Mas naquele momento eu tinha todos os motivos para acreditar que estava diretamente envolvida no crime. Agora sei que não. Mesmo assim, muitas coisas ainda permanecem sem explicação.

Peço-lhe vivamente que exorte o sr. Douglas a nos contar sua versão pessoal dos fatos.

Ao ouvir as últimas palavras de Holmes, a sra. Douglas soltou um grito de surpresa. Os detetives e eu devemos tê-la imitado quando notamos um homem que parecia ter saído da parede vir em nossa direção, emergindo progressivamente do canto escuro de onde aparecera. A sra. Douglas se virou e se atirou em seu pescoço. Barker apertou afetuosamente a mão que ele lhe estendia.

— É melhor assim, querido — repetiu sua mulher. — Estou certa de que assim é melhor.

— Realmente, sr. Douglas — opinou Sherlock Holmes. — Também estou certo de que é a melhor solução.

Douglas piscou os olhos como alguém que passou de repente das trevas à luz. Tinha uma aparência notável: olhos cinzentos afoitos, bigode curto e grisalho, queixo quadrado e proeminente, e boca irônica. Olhou cada um de nós e depois, para meu espanto, dirigiu-se a mim e me entregou um maço de papéis.

— Eu o conheço — disse-me com um sotaque que não era totalmente inglês nem totalmente americano, mas era suave e agradável. — É o historiador do grupo. Pois bem, dr. Watson, o senhor nunca teve uma história como esta em suas mãos, e estou disposto a apostar nela meu último dólar. Conte-a em seu estilo, mas são fatos, e não lhe faltará público. Estive confinado durante dois dias e dediquei minhas horas de luz, admitindo que houve luz neste buraco de ratos, a expor todo o caso. Ele será bem acolhido pelo senhor e por seus leitores. É a história do vale do terror.

— Isso quanto ao passado, sr. Douglas — interveio Sherlock Holmes, calmamente. — Queremos agora ouvir a história do presente.

— O senhor a terá — respondeu Douglas. — Posso fumar enquanto falo? Obrigado, sr. Holmes. O senhor também fuma e adivinha o que é ficar sentado dois dias com tabaco no bolso sem ousar fumar, com medo de que o cheiro da fumaça o traia.

Ele se apoiou na lareira e pegou o charuto que Holmes lhe oferecia.

— Já ouvi falar de sua pessoa, sr. Holmes. Nunca pensei que um dia o conheceria. Mas quando ler tudo isso — ele apontou os papéis que me havia entregado — verá que lhe trouxe algo de novo.

O inspetor MacDonald observava o recém-chegado com o maior assombro.

— Não estou entendendo mais nada — gritou por fim. — Se é John Douglas, da Mansão de Birlstone, cuja morte investigamos há dois dias, de onde vem agora? O senhor surgiu como um boneco de uma caixa-surpresa.

— Ah, sr. Mac! — disse Holmes, agitando o indicador carregado de reprovações. — O senhor não quis ler a excelente compilação local que descrevia a maneira como o rei Carlos se escondera. Naquela época, as pessoas só se escondiam em esconderijos seguros. Um esconderijo usado no século XVII podia muito bem servir em nossos dias. Eu tinha certeza de que encontraríamos o sr. Douglas debaixo do seu teto.

— E há quanto tempo está-se divertindo à nossa custa, sr. Holmes? — perguntou o inspetor, furioso. — Por quanto tempo nos deixou prosseguir uma investigação que sabia absurda?

— Nem um só instante, meu caro sr. Mac. Somente ontem à noite formei meu ponto de vista sobre o caso. Como ele não podia ser provado antes desta noite, convidei o senhor e seu colega a tirar um dia de folga. O que mais podia fazer? Quando encontrei o fardo de roupas no fosso, pensei imediatamente que o cadáver que tínhamos encontrado não podia ser do sr. John Douglas, mas do ciclista de Tunbridge Wells. Não havia outra conclusão possível. Eu tinha, portanto, de determinar o lugar onde o sr. John Douglas se escondia, segundo todas as probabilidades com a ajuda de sua mulher e do amigo. Ele deveria encontrar-se num lugar capaz de abrigar um fugitivo e esperar ali o momento de sair do país.

— Seu raciocínio é quase perfeito — declarou o sr. Douglas. — Pensei em evitar a lei inglesa, pois não estava seguro de como me situava diante dela. Mas, sobretudo, vi nesse estratagema uma possibilidade de me livrar de uma vez por todas dos cães lançados em meu encalço. Observe que, do início ao fim, não fiz nada de que deva envergonhar--

-me, nada que não recomeçaria se fosse preciso. Os senhores julgarão por si mesmos quando ouvirem minha história. Não se preocupe em advertir-me, inspetor. Estou pronto a dizer toda a verdade.

Não vou começar pelo início, que está ali.

Ele mostrou os papéis que eu não havia largado.

— Os senhores descobrirão neles uma história pouco trivial. Eu resumo: existe um grupo de homens que têm bons motivos para me odiar e dariam o último dólar para ter a minha pele. Enquanto eu viver, enquanto eles viverem, não haverá neste mundo segurança para mim. Seguiram-me de Chicago até a Califórnia e depois me obrigaram a deixar a América. Mas, quando me casei e me instalei neste cantinho tranquilo, acreditava que meus últimos anos não teriam história. Nunca expliquei a minha mulher o que fiz. Por que a envolveria nisso? Ela não teria mais um instante de sossego, viveria constantemente aterrorizada. Suponho que ela adivinhou alguma coisa, pois deixei escapar uma palavra aqui e outra ali. Mas até ontem, quando a interrogaram, ela não sabia nada sobre o fundo da história. Disse-lhes tudo o que sabia. E Barker também. Na noite em que o drama ocorreu, não houve tempo para explicações. Agora ela sabe tudo e eu teria sido mais prudente se lhe tivesse dito antes. Mas era difícil, minha querida.

Ele pegou a mão dela por alguns segundos entre as suas.

— E agi com a melhor das intenções.

Pois bem, senhores, no dia anterior ao acontecimento, fui a Tunbridge Wells e vi alguém na rua. Foi no tempo de um raio, mas tenho um olho rápido e estava certo de que não me havia enganado. Era o meu pior inimigo, que me havia perseguido durante todos estes anos, como um lobo faminto persegue uma rena. Compreendi que aborrecimentos me esperavam. Voltei para casa e tomei minhas precauções. Pensei que me safaria muito bem sozinho. Houve tempo em que minha sorte era proverbial nos Estados Unidos. Não duvidei que o mesmo aconteceria mais uma vez.

Fiquei de sobreaviso o dia seguinte inteiro e não saí ao parque uma única vez. Assim foi melhor, pois ele poderia ter descarregado a escopeta em mim sem que eu pudesse impedi-lo. Quando a ponte foi levantada — eu sempre ficava mais tranquilo quando ela estava levantada à noite —, não quis mais pensar no caso. Não imaginei um segundo que ele entraria na mansão e me esperaria ali. Mas, quando fiz minha ronda de roupão como de costume e pus o pé em meu gabinete, farejei o perigo. Creio que, quando um homem levou uma vida perigosa, possui uma espécie de sexto sentido que funciona como um alarme. Percebi o sinal, mas não saberia lhes dizer como. Notei imediatamente a ponta de um sapato debaixo da cortina da janela. No segundo seguinte vi o homem por inteiro.

Tinha somente a vela que estava em minha mão, mas uma boa luz proveniente da lâmpada do corredor passava pela porta aberta. Depositei a vela e pulei para apanhar o martelo que deixara na lareira. No mesmo momento ele saltou sobre mim. Vi a lâmina de uma faca brilhar e bati nele com o martelo. Atingi-o com certeza em alguma parte, pois a faca caiu no chão. Rápido como uma enguia, ele deu a volta à mesa e tirou a espingarda, que havia escondido debaixo do casaco. Ouvi-o armá-la, mas, antes que pudesse atirar, agarrei a escopeta. Segurei-a pelo cano e lutamos por um ou dois minutos para saber quem seria seu dono. Sabíamos que aquele que a largasse era um homem morto. Ele não a soltou nem por um instante, mas manteve a coronha para baixo um segundo a mais. Talvez tenha sido eu a puxar o gatilho. Talvez tenha sido ele ao se debater. Talvez tenhamos sido nós dois ao mesmo tempo. Mas foi ele quem recebeu a dupla descarga no rosto, e permaneci ali, atônito, a contemplar o que restava de Ted Baldwin. Eu o reconheci em Tunbridge Wells. Também o reconheci quando saltou sobre mim. Mas nem sua própria mãe o reconheceria se o visse depois do disparo. Estou habituado a espetáculos nada agradáveis, mas aquele quase revoltou meu estômago.

Eu estava agarrado à beira da mesa quando Barker veio correndo. Ouvi também minha mulher chegando. Precipitei-me à porta e a impedi de entrar. Não era coisa para mostrar a uma mulher. Prometi-lhe que ia vê-la logo. Disse duas palavras a Barker. Ele compreendeu tudo com um simples olhar e esperamos que o pessoal da casa aparecesse. Mas não veio ninguém. Então compreendemos que ninguém ouvira a detonação e que só nós sabíamos o que acontecera.

Foi naquele momento que tive uma ideia. Achei-a formidável. A manga de Baldwin se arregaçara e a marca da Loja aparecera em seu braço. Vejam.

O homem que conhecíamos como Douglas levantou a manga do seu casaco e da camisa e nos mostrou um triângulo castanho dentro de um círculo, semelhante ao que vimos no cadáver.

— Quando vi este sinal arquitetei meu plano. Ele tinha a mesma estatura, os mesmos cabelos e o mesmo físico que eu. Quanto ao rosto, ninguém notaria a diferença, pobre-diabo. Subi ao quarto para buscar uma muda de roupa. Quinze minutos mais tarde Barker e eu o vestimos com meu roupão e o dispusemos como os senhores o encontraram. Fizemos um pacote com seus pertences e o lastrei com o único peso que tinha à mão antes de jogá-lo pela janela. O cartão que ele tinha a intenção de depositar sobre o meu cadáver, nós o colocamos junto ao dele. Pusemos meus anéis em seus dedos, mas quando chegou a vez de minha aliança...

Ele estendeu sua mão musculosa.

— Eu havia chegado aos meus limites. Não a tirara do dedo desde o dia de meu casamento, e para isso seria necessária uma lima. Não creio, aliás, que me decidiria a separar-me dela. Mas, mesmo que quisesse, seria incapaz. Por isso, deixamos ao acaso o cuidado de resolver esse detalhe. Em compensação, livrei-me de um pedaço de esparadrapo que tinha no queixo e coloquei-o no mesmo lugar no que restava da cabeça do meu inimigo. Neste ponto, sr. Holmes, cometeu uma negligência, por mais astucioso que seja. Pois, se tivesse tirado o esparadrapo, teria descoberto que não havia nenhum corte embaixo dele.

Era esta a situação. Se eu pudesse me esconder por algum tempo, e depois partir para um lugar onde minha mulher se juntasse a mim, teríamos finalmente a oportunidade de viver em paz o resto de nossos dias. Aqueles demônios não descansariam enquanto soubessem que eu estava vivo, mas, se lessem nos jornais que Baldwin havia abatido o seu homem, meus tormentos estariam terminados. Não tive muito tempo para explicar tudo a Barker e a minha mulher, mas eles compreenderam o suficiente para me ajudar. Eu conhecia este esconderijo. Ames também, mas não teve a ideia de estabelecer uma ligação entre ele e o caso. Tranquei-me dentro dele e deixei que Barker cuidasse de fazer o resto.

Suponho que podem adivinhar o que ele fez. Abriu a janela e marcou com a pegada o parapeito para sugerir a ideia de que o assassino escapou por ali. Era sem dúvida um pouco grosseiro, mas a ponte estava levantada e não havia outra saída. Quando tudo estava preparado, puxou com todas as suas forças o cordão da campainha. Todos sabem o que sucedeu em seguida. Agora, senhores, podem agir como quiserem. Eu lhes disse a verdade, toda a verdade. Que Deus me ajude agora. Tenho uma coisa a perguntar-lhes: qual é minha situação em relação à lei inglesa?

Houve um silêncio, que Sherlock Holmes rompeu.

— A lei inglesa é justa em seu conjunto. Ela se mostrará equitativa em relação a seu caso. Mas eu gostaria que me dissesse como esse homem soube que morava aqui e como entrou em sua casa e se escondeu para surpreendê-lo.

— Não tenho a menor ideia.

Holmes estava muito pálido e grave.

— Receio que a história não terminou — murmurou ele. — O senhor corre o risco de enfrentar perigos ainda piores que a lei inglesa ou seus inimigos da América. Prevejo grandes ameaças no futuro, sr. Douglas. Siga meu conselho: mantenha-se sempre em guarda.

Agora, leitores pacientes, vou convidá-los a acompanhar-me por algum tempo longe da Mansão de Birlstone, longe também do ano da graça em que realizamos essa viagem memorável que se concluiu com o relato estranho do homem conhecido como John Douglas. Convido-os a viajar ao passado, a voltar vinte anos atrás, a atravessar alguns milhares de quilômetros para o oeste, para que lhes conte uma história singular e terrível. Tão singular e terrível que talvez tenham dificuldade de acreditar que ocorreu como vou apresentá-la. Não pensem que começo uma história antes de terminar a outra. Ao prosseguir sua leitura, perceberão que não é nada disso. E, quando tiver narrado em detalhe estes episódios distantes no tempo e no espaço, voltaremos a encontrar-nos mais uma vez neste apartamento da Baker Street onde o último capítulo será escrito, como em tantas outras aventuras extraordinárias.

Segunda parte

Os Vingadores

Capítulo 1

O HOMEM

Era o dia 4 de fevereiro de 1875. O inverno fora rigoroso e a neve se amontoava nos desfiladeiros das montanhas de Gilmerton. No entanto, o limpa-trilhos havia desobstruído a linha férrea e o trem noturno que ligava os numerosos centros mineiros de carvão e ferro bufava subindo lentamente as encostas íngremes que levam de Stagville, na planície, até Vermissa, a principal aglomeração situada na entrada do Vale de Vermissa. A partir dali, a linha férrea descia até a encruzilhada de Barton, Helmdale, e a região essencialmente agrícola de Merton. Era a linha única, mas em cada ramal, e eles eram muitos, longas filas de vagões carregados de carvão e minério de ferro revelavam a riqueza oculta que atraíra uma população rude e provocara uma atividade considerável neste canto desolado dos Estados Unidos da América.

Era realmente desolado. O primeiro homem que se aventurara por ali teria dificuldade de imaginar que as pradarias mais férteis e as pastagens mais gordas não valiam nada em comparação com esta região sombria de penhascos negros e coberta por uma floresta densa. Dominando os bosques escuros e quase sempre impenetráveis que os cercavam, altos cumes desnudos com neve branca e rochedos denteados isolavam em seu centro um longo vale tortuoso e serpejante. Era esse vale que o pequeno trem subia ofegante.

As lâmpadas a óleo acabavam de ser acesas no primeiro vagão de passageiros, onde estavam sentadas de 20 a 30 pessoas. A maior parte era de operários que voltavam do trabalho no fundo do vale. Uma dúzia pelo menos, a julgar pelos rostos encardidos e pelas lanternas de segurança que levavam, era de mineiros. Fumavam e conversavam em voz baixa, não sem olhar de vez em quando para dois policiais de uniforme que estavam do outro lado do vagão. Algumas operárias e dois ou três viajantes, que deviam ser comerciantes locais, formavam o resto do grupo. Mas havia também um jovem, isolado num canto. É ele que nos interessa. Vamos examiná-lo bem, pois vale a pena.

Tem a tez saudável, é de estatura mediana e não deve estar longe dos trinta anos. Seus grandes olhos cinzentos, cheios de sagacidade e ironia, brilham de curiosidade atrás dos óculos quando olham as pessoas que o cercam. Visivelmente, é um rapaz sociável e simples, que só quer ser amigo de todos. Comunicativo por natureza, parece ter uma inteligência rápida e o sorriso fácil. Mas quem o observasse mais de perto distinguiria certa solidez do queixo e uma prega severa em torno dos lábios, deixando adivinhar que este agradável jovem irlandês de cabelos castanhos seria capaz de se impor, por bem ou por mal, em qualquer ambiente em que fosse introduzido.

Tendo tentado duas ou três vezes iniciar uma conversa com o mineiro mais próximo e não obtendo como resposta senão algumas palavras mal-humoradas, o viajante se resignou ao silêncio e olhou com enfado pela janela a paisagem que escurecia com a noite. A vista não era particularmente alegre. Através da escuridão crescente sucediam-se os clarões vermelhos das fornalhas penduradas nas encostas das montanhas. Grandes montes de detritos e depósitos de resíduos de carvão se projetavam de cada lado do trem, assim como torres de escavação. Aglomerações de pequenas casas de madeira, com janelas que começavam a iluminar-se, estavam espalhadas aqui e ali ao longo da linha. As paradas eram frequentes e a cada uma delas desciam trabalhadores com a tez bronzeada. Os vales do distrito de Vermissa não eram lugar para ociosos ou letrados. Em toda parte se estendiam os símbolos austeros da batalha dura pela vida, do trabalho penoso a ser feito e dos operários rudes que o executavam.

O jovem viajante contemplava a paisagem lúgubre com interesse e repugnância. Sua expressão mostrava que o ambiente era novo para ele. De vez em quando tirava do bolso uma carta volumosa, que consultava, e em cujas margens rabiscava algumas anotações às pressas. Em certo momento tirou do bolso de trás um objeto que não se esperaria encontrar com um homem de aparência tão branda: um revólver da Marinha, de grande calibre. Quando o virou de través para a luz, um reflexo indicou que estava carregado. Enfiou-o rapidamente no bolso, mas um operário que estava sentado no banco vizinho o viu.

— Olá, camarada! — disse ele. — Parece que está mal-intencionado.

O jovem sorriu um pouco embaraçado.

— Sim — disse ele. — No lugar de onde venho ele é necessário às vezes.

— E de onde vem?

— De Chicago.

— Nunca esteve por aqui?

— Não.

— Ele talvez lhe seja útil por estas bandas — disse o operário.

— Ah, realmente?

O jovem assumiu um ar interessado.

— Nunca ouviu falar do que acontece por aqui?

— Não, nunca.

— E eu que acreditava que só se falasse nisso no país. Não tardará a saber. Por que veio ao vale?

— Porque me disseram que sempre há trabalho para um homem de boa vontade.

— É sindicalizado?

— Certamente.

— Então encontrará trabalho, acredito. Tem amigos por aqui?

— Ainda não, mas tenho os meios para fazê-los.

— Como assim?

— Sou membro da Ordem Antiga dos Homens Livres. Há uma Loja em cada cidade, e onde há uma Loja encontro amigos.

Essa declaração produziu um efeito singular em seu ouvinte. Ele olhou os companheiros de viagem com um olhar de suspeita. Os mineiros continuavam a tagarelar entre si. Os policiais dormitavam. Ele se aproximou do jovem, sentou-se ao lado dele e estendeu-lhe a mão.

— Toque aqui — disse ele.

Os dois trocaram um forte aperto de mão.

— Vejo que me diz a verdade, mas sempre é bom ter certeza.

Ele ergueu a mão direita à altura do olho direito. O viajante ergueu imediatamente a mão esquerda à altura do olho esquerdo.

— As noites escuras são desagradáveis — disse o operário.

— Sim, sobretudo quando se viaja com estranhos — respondeu o outro.

— Isto é suficiente. Sou o irmão Scanlan, Loja 341, Vale de Vermissa. Prazer em vê-lo na região.

— Obrigado. Sou o irmão John McMurdo, Loja 29, Chicago. Grão-mestre: J. H. Scott. Tenho sorte de encontrar um irmão tão cedo.

— Somos muitos por aqui. Em nenhuma parte a ordem é mais florescente que no Vale de Vermissa. O que não entendo é que um sindicalizado tão cheio de energia como você não tenha encontrado trabalho em Chicago.

— Encontrei todo o trabalho que quis — respondeu McMurdo.

— Então, por que saiu de lá?

McMurdo apontou sorrindo os dois policiais.

— Suponho que estes rapazes não ficariam zangados se soubessem — disse.

Scanlan emitiu um murmúrio de simpatia.

— Está em apuros? — sussurrou.

— Graves.

— Caso de prisão?

— E tudo o mais.

— Algum assassinato?

— É um pouco cedo para falar sobre isso — respondeu McMurdo, com o ar de um homem que percebe que falou mais do que deveria. — Tive minhas razões para sair de Chicago. Isto é o suficiente. Por quem me toma, para me interrogar deste modo?

Seus olhos cinzentos atrás de seus óculos se inflamaram de cólera.

— Não falemos mais disso, camarada. Eu não queria ofendê-lo. Os companheiros não pensarão mal de você, não importa o que tenha feito. Para onde vai agora?

— Para Vermissa.

— É a terceira parada. Já tem onde ficar?

McMurdo tirou um envelope e aproximou-o da luz frouxa.

— Aqui está o endereço: Jacob Shafter, Sheridan Street. É uma pensão de família que me foi recomendada por uma pessoa de Chicago.

— Não conheço. Vermissa não está em meu setor. Moro em Hobson's Patch. É a próxima estação. Mas vou lhe dar um pequeno conselho antes de nos separarmos. Se tiver algum problema em Vermissa, vá direto à sede do sindicato e veja o chefe McGinty. É o grão-mestre da Loja de Vermissa. Nada acontece por aqui sem o consentimento dele. Até a vista, camarada. Talvez nos encontremos na Loja numa noite destas. Mas lembre-se de minhas palavras: se tiver algum problema, vá ver McGinty.

Scanlan desceu e McMurdo ficou sozinho com seus pensamentos. A noite havia caído e as chamas dos numerosos fornos bramiam e lambiam as trevas. Nesse cenário soturno, figuras sombrias se curvavam, se torciam, se esticavam e davam reviravoltas com movimentos de autômatos, ao ritmo de um eterno fragor metálico.

— Tenho a impressão de que o inferno deve parecer-se vagamente com isso — disse uma voz.

McMurdo se virou. Um dos policiais havia sentado ao lado dele e contemplava o espetáculo sinistro.

— Sim — aquiesceu o outro policial —, também acho que o inferno deve ser parecido. Se há no inferno diabos piores que alguns daqui, cujos nomes poderia citar, não ficaria admirado. Suponho que seja recém-chegado a estas paragens, rapaz.

— E o que importa, neste caso? — retorquiu McMurdo, em tom irritado.

— Simplesmente isto: eu o aconselharia a prestar atenção na escolha dos amigos. Se fosse você, não começaria por Mike Scanlan ou seu bando.

— E o que lhe interessa, com os demônios, quem sejam meus amigos? — resmungou McMurdo, com uma voz que fez todas as cabeças virarem no compartimento. — Por acaso pedi sua opinião, ou me toma por um bebê que não é suficientemente grande para andar sozinho? Fale quando lhe dirigirem a palavra e, por Deus, terá de esperar muito tempo quanto a mim.

Lançou o rosto para a frente e sorriu com todos os dentes para os policiais, como um buldogue pronto a saltar.

Os dois policiais, homens fortes e um pouco broncos, ficaram assombrados com a violência extraordinária com que foi repelida sua tentativa de aproximação.

— Não nos leve a mal, forasteiro — disse um deles. — Era um aviso para o seu bem. Nós o demos ao ver que não conhece o lugar.

— Não conheço a terra, mas conheço bem as pessoas da sua laia — gritou McMurdo, enraivecido. — Sei que são iguais em toda parte e dão conselhos àqueles que não lhes pedem.

— Talvez nos reencontremos daqui a algum tempo — disse um dos policiais, sorrindo. — Parece-me, à primeira vista, que gosta de uma confusão.

— Sim — ajuntou o outro. — Aposto que não tardaremos a nos rever.

— Vocês não me assustam e não pensem que vou esconder-me — bradou McMurdo. — Meu nome é John McMurdo, ouviram? Se precisarem de mim me encontrarão na pensão de Jacob Shafter, na Sheridan Street, em Vermissa. Como veem, não me escondo. De dia ou de noite, estou pronto a encará-los. Procurem não se esquecer disso.

Um murmúrio de simpatia e admiração se ergueu do grupo de mineiros diante da atitude destemida do recém- chegado. Os policiais encolheram os ombros e se puseram a confabular entre si. Alguns minutos mais tarde, o trem entrou numa estação mal iluminada. Foram muitos os que desceram, pois Vermissa era de longe a maior aglomeração na linha. McMurdo apanhou sua sacola de couro e ia mergulhar na escuridão quando um dos mineiros se aproximou dele:

— Com os diabos, camarada, você sabe como falar com os tiras — disse ele com uma voz cheia de respeito. — Gostei de ouvir o que disse. Vou levar sua sacola e mostrar-lhe o caminho. A pensão de Shafter fica no caminho para minha casa.

Houve um coro de "boa noite" quando cruzaram com outros mineiros na plataforma. Antes mesmo de pôr os pés em Vermissa, McMurdo se tornara uma personalidade importante.

O aspecto do campo era lúgubre, mas num sentido a cidade era ainda mais deprimente. No fundo desse longo vale havia pelo menos certa grandeza sinistra que se expressava por fogueiras enormes e nuvens de fumaça. Por outro lado, a força e a habilidade do homem haviam moldado monumentos dignos delas nas colinas deformadas por suas escavações monstruosas. A cidade, em compensação, exibia uma sujeira e uma feiura uniformes. A circulação havia transformado a rua principal numa mistura horrível de neve e lama. As calçadas eram estreitas e estavam em mau estado. Os numerosos lampiões a gás só serviam para revelar uma longa fileira de casas de madeira, cada uma com uma varanda na frente, todas malcuidadas. Quando eles se aproximaram do centro, lojas iluminadas projetaram uma luz mais viva. Todo um grupo de habitações era constituído por bares e casas de jogo em que os mineiros gastavam salários generosos, ganhos com dificuldade.

— Ali está a sede do sindicato — anunciou o guia, apontando um bar que se elevava quase à categoria de um hotel. — Jack McGinty é quem manda ali dentro.

— Que espécie de homem ele é? — perguntou McMurdo.

— Como? Nunca ouviu falar do chefe?

— Como poderia ouvir falar dele? Não sabe que sou estranho por estas bandas?

— Bem, eu pensava que ele era conhecido em todo o país. Seu nome apareceu nos jornais muitas vezes.

— Por que ele teve seu nome nos jornais?

— Bem...

O mineiro baixou a voz.

— Por causa de seus negócios.

— Que negócios?

— Santo Deus, amigo, você é um indivíduo fantástico, se posso dizer sem ofendê-lo. Só há um tipo de negócios de que se ouve falar por aqui: os negócios dos Vingadores.

— Ah, parece-me que li alguma coisa sobre os Vingadores em Chicago. Um bando de assassinos, não é?

— Cale-se, se tem amor à vida! — exclamou o mineiro assustado, olhando admirado para o companheiro. — Meu amigo, não viverá muito tempo nestas paragens se falar dessa maneira em plena rua. Conheci mais de um que foi liquidado por muito menos.

— Não conheço nada sobre eles. Sei somente o que li.

— Não estou dizendo que o que leu não seja verdade.

O homem olhava constantemente ao seu redor enquanto falava. Perscrutava a noite e as sombras como se temesse um perigo à espreita.

— Se matar é cometer um assassinato, Deus sabe que houve assassinatos de sobra por aqui. Mas não ouse associar a eles o nome de McGinty, forasteiro. Pois qualquer murmúrio chega a ele, que não é homem de tolerar que cochichem coisas semelhantes sobre a sua pessoa. Ali está a casa que procura: aquela um pouco afastada da rua. Logo descobrirá que o velho Jacob Shafter é o morador mais honesto da cidade.

— Obrigado — disse McMurdo, apertando a mão do novo conhecido.

Apanhou a sacola, subiu com passo pesado o caminho que conduzia à casa e bateu à porta. Esta logo foi aberta por alguém que não se parecia em nada com a pessoa que esperava ver.

Era uma mulher, jovem e excepcionalmente linda. Tinha o tipo sueco. Era loira com belos cabelos dourados, que contrastavam de modo chocante com dois olhos escuros magníficos. Olhou o desconhecido com surpresa, e seu embaraço encantador gerou uma onda de rubor em seu rosto. Emoldurada pela luz da porta aberta, ela pareceu a McMurdo o quadro mais belo que já havia visto, e tanto mais atraente quanto o ambiente ao redor era sórdido. Uma violeta viçosa que crescesse num monte de escórias das minas não o teria maravilhado tanto. Ele a contemplava com tal êxtase que não disse uma palavra e foi ela quem rompeu o silêncio.

— Pensei que era meu pai — disse a jovem, com um leve sotaque sueco. — O senhor veio vê-lo? Ele está na cidade. Vai voltar de um momento para outro.

McMurdo continuou a admirá-la até que ela baixou os olhos diante do olhar indiscreto do desconhecido.

— Não, moça — respondeu ele, por fim. — Não tenho nenhuma pressa de vê-lo. Sua casa me foi recomendada como pensão. Eu achava que ela me conviria. Agora tenho certeza.

— O senhor é rápido para se decidir — disse ela, sorrindo.

— É preciso ser cego para hesitar — respondeu o outro.

O cumprimento a fez rir.

— Entre então, senhor. Sou Ettie Shafter, filha do sr. Shafter. Minha mãe morreu e sou eu quem cuida da pensão. Pode sentar-se junto à lareira no aposento da frente enquanto espera meu pai. Ah, aí está ele. Pode acertar diretamente com ele.

Um homem idoso com passo pesado entrava na casa. Em poucas palavras, McMurdo lhe explicou o motivo de sua visita. Um homem chamado Murphy lhe havia dado o endereço em Chicago. O próprio Murphy o recebera de outro. O velho Shafter o aceitou rapidamente. O forasteiro não discutiu as condições e parecia ter muito dinheiro. Por doze dólares a semana, pagos adiantadamente, teria cama e comida. Foi assim que McMurdo, que confessou estar fugindo da justiça, instalou-se debaixo do teto dos Shafter, primeira etapa numa sucessão sombria de acontecimentos, o último dos quais devia terminar num país distante.

Capítulo 2

O GRÃO-MESTRE

McMurdo era um homem que não podia passar despercebido. Em toda parte onde se encontrava, as pessoas logo notavam sua presença. Em uma semana tornara-se o personagem mais importante da Pensão Shafter. Esta hospedava 12 pensionistas, capatazes honestos ou empregados do comércio local, bem diferentes do jovem irlandês. À noite, quando estavam todos reunidos, era ele quem tinha sempre a palavra para rir, a conversa mais inteligente, a melhor canção. Era naturalmente o companheiro alegre. Seu magnetismo pessoal espalhava o bom humor ao redor. Entretanto, revelava-se de tempos em tempos, como no compartimento da ferrovia, capaz de iras terríveis, repentinas, que lhe atraíam o respeito e até o temor daqueles que o cercavam. A respeito da lei e de seus representantes, exibia um desprezo total que deleitava ou inquietava os pensionistas.

Desde sua chegada, devotava admiração aberta à moça da casa, e não procurava dissimular que ela havia conquistado seu coração desde o momento em que sua beleza e sua graça se lhe manifestaram. Não era um pretendente tímido. Já no segundo dia declarou que a amava, e não parou de repetir-lhe o mesmo refrão, sem se preocupar nem um pouco com o que ela dizia para desencorajá-lo.

— Existe um outro? — exclamava. — Tanto pior para ele. Que tome cuidado. Vou perder a oportunidade da minha vida e todos os desejos do meu coração por causa de outro? Pode continuar a me dizer não, Ettie. Dia virá em que me dirá sim, e sou muito jovem para esperar.

Era um pretendente perigoso, com sua loquacidade irlandesa e suas maneiras gentis e sedutoras. Além disso, era aureolado com o charme que a aventura e o mistério difundem, charme que desperta o interesse e, por fim, o amor de uma mulher. Podia falar dos deleitosos vales de Monaghan, de onde vinha, da bela ilha distante, das colinas baixas e dos prados verdejantes, que pareciam ainda mais maravilhosos quando a imaginação os comparava com este lugar de fuligem e neve. De outra parte, conhecia bem a vida nas cidades do Norte, Detroit e os acampamentos de cortadores de madeira de Michigan, Buffalo e, finalmente, Chicago, onde trabalhara numa serraria. A perspectiva de aventura vinha em seguida, com o sentimento de que coisas estranhas lhe haviam acontecido nessa grande cidade, tão estranhas e tão secretas que não se atrevia a contá-las. Mencionava com ar sonhador e triste uma partida brusca, um rompimento de laços antigos, uma fuga para um mundo misterioso que terminava neste vale lúgubre. Ettie escutava. Seus olhos escuros brilhavam de admiração e simpatia, duas qualidades que podem às vezes converter-se rapidamente em amor.

McMurdo conseguiu um emprego temporário de guarda-livros, porque era um homem instruído. Esse trabalho o mantinha ocupado quase o dia inteiro e ainda não havia encontrado oportunidade para se apresentar à Loja da Ordem Antiga dos Homens Livres. Essa omissão lhe foi lembrada, entretanto, por Mike Scanlan, o irmão que encontrara no trem, e que veio uma noite à Pensão Shafter. Scanlan era um homem pequeno, nervoso, de rosto agudo e olhos negros. Pareceu contente de revê-lo. Depois de alguns goles de uísque, abordou o assunto de sua visita.

— McMurdo, lembrei-me do seu endereço. Foi o que me encorajou a passar por aqui. Por que ainda não se apresentou ao grão-mestre?

— Simplesmente porque precisava procurar um emprego. Estive ocupado.

— Deve encontrar tempo para ir ver McGinty. Por Deus, é preciso ser louco para não passar na sede do sindicato e se registrar na manhã seguinte ao dia em que chegou. Se cometer asneiras com ele... Bem, você não deve cometer asneiras com ele. Ouviu? É tudo.

McMurdo pareceu surpreso.

— Sou membro da Loja há mais de dois anos, Scanlan. E nunca me disseram que esse tipo de obrigação era tão urgente.

— Talvez não em Chicago.

— Aqui é a mesma sociedade.

— A mesma?

Scanlan o contemplava fixamente. Havia um brilho sinistro em seus olhos.

— E não é?

— Voltaremos a falar disso daqui a um mês. Ouvi que discutiu calorosamente com os policiais no outro dia, no trem.

— Como soube?

— Aqui ficamos sabendo de tudo. As coisas circulam para o bem ou para o mal neste distrito.

— Sim. Eu disse aos tiras o que pensava deles.

— Caramba! McGinty vai gostar muito de você.

— Por quê? Ele também odeia a polícia?

Scanlan desatou a rir.

— Vá vê-lo, rapaz — disse ele, levantando-se. — Não será a polícia, mas você que ele odiará, se lhe mostrar indiferença por mais tempo. Aceite o conselho de um amigo e vá imediatamente.

O acaso quis que naquela mesma noite McMurdo tivesse uma conversa de outro tipo, porém mais urgente ainda, que o conduziu na mesma direção. Talvez ostentasse mais suas atenções em relação a Ettie, ou talvez elas tivessem finalmente impressionado a mente lenta do valoroso sueco. Qualquer que fosse a causa, o dono da pensão convidou o jovem a passar por seu quarto e entrou no assunto sem rodeios.

— Tenho a impressão — disse ele — de que está fazendo a corte à minha Ettie. É exato, ou estou enganado?

— É exato — respondeu McMurdo.

— Pois bem, digo-lhe que está perdendo o seu tempo. Alguém chegou antes.

— Ela já me disse.

— Pode estar certo de que não lhe mentiu. Mas lhe disse quem é?

— Não. Perguntei-lhe, mas ela não quis me dizer.

— Sei que não. Talvez não quisesse assustá-lo.

— Assustar-me?

Ao ouvir essas palavras, McMurdo ficou furioso.

— Sim, amigo. Não deve envergonhar-se de ter medo dele. É Teddy Baldwin.

— E quem diabos é esse Baldwin?

— Um dos chefes dos Vingadores.

— Vingadores! Já ouvi falar deles. Ouvi pronunciarem o nome aqui e ali, mas sempre em voz baixa. Posso saber por que todos têm tanto medo deles? Quem são os Vingadores?

Instintivamente, o dono da pensão baixou o tom.

— Os Vingadores — disse ele — são os membros da Ordem Antiga dos Homens Livres.

O jovem teve um sobressalto.

— Eu também sou membro da ordem.

— O senhor? Eu jamais o teria aceitado em minha casa se soubesse. Nem que me pagasse cem dólares por semana.

— Mas o que a ordem tem de errado? Ela se dedica à caridade e à harmonia entre as pessoas. É só ler o regulamento.

— Talvez em outros lugares. Não aqui.

— Como é aqui?

— Uma seita de assassinos, simplesmente.

McMurdo replicou com um riso incrédulo.

— Como pode provar isso? — perguntou.

— Provar? Cinquenta assassinatos estão aí para prová-lo. O que aconteceu com Milman, Van Shorst, a família Nicholson, o velho sr. Hyam, o pequeno Billy James e todos os outros? Provar! No vale não existe um homem ou uma mulher que o ignore.

— Ouça! — disse McMurdo, seriamente. — Quero que retire o que disse, ou então que me explique. Antes que eu saia deste quarto, fará uma coisa ou outra. Ponha-se em meu lugar. Aqui estou eu, forasteiro na cidade. Pertenço a uma sociedade cuja honorabilidade estou disposto a garantir. O senhor a encontrará em toda parte nos Estados Unidos, e em toda parte respeitável. No momento em que pretendo apresentar-me aqui à sua Loja, o senhor me diz que ela é o mesmo que uma seita de assassinos que se chamam os Vingadores. Penso que me deve desculpas ou uma explicação, sr. Shafter.

— Só posso repetir-lhe o que todos dizem. Os chefes de uma são os chefes da outra. Se ofender uma, a outra o castigará. Tivemos a prova disso muitas vezes.

— Histórias! — disse McMurdo. — Quero provas concretas.

— Se ficar algum tempo em Vermissa terá suas provas. Mas eu me esquecia que faz parte do bando. Logo será tão perverso como os outros. Por isso, procure outra pensão, senhor. Não posso mantê-lo em minha casa. Já não é desagradável que um deles venha cortejar a minha Ettie e eu não ouse pô-lo no olho da rua? E agora preciso ter outro como pensionista? Digo-lhe que não dormirá aqui amanhã à noite.

Assim, McMurdo se encontrou condenado a um duplo banimento, longe de seu quarto confortável e da jovem que amava. Foi encontrar Ettie na sala de estar e lhe contou seus problemas.

— Seu pai acaba de me mandar embora — suspirou ele. — Pouco estaria ligando se fosse somente meu quarto, mas, para dizer tudo, Ettie, embora a conheça apenas há uma semana, você é para mim a própria razão da minha existência e não posso mais viver sem você.

— Oh, cale-se, sr. McMurdo. Não fale assim — disse a jovem. — Já não lhe avisei que chegou tarde? Existe outro e, se não prometi casar-me com ele de imediato, não posso comprometer-me com mais ninguém.

— Suponha que eu fosse o primeiro, Ettie. Teria alguma chance?

A jovem escondeu o rosto nas mãos.

— Juro por Deus que gostaria que tivesse me falado primeiro — soluçou.

McMurdo caiu imediatamente a seus pés.

— Pelo amor de Deus, Ettie, não se deixe abater! — exclamou. — Quer arruinar a sua vida e a minha por causa dessa promessa? Siga seu coração, suplico-lhe. É um guia bem melhor que a promessa que fez antes de saber o sentido das palavras que pronunciou.

Pegou as mãos brancas de Ettie entre suas mãos fortes e bronzeadas.

— Diga que será minha e que viveremos juntos a nossa vida.

— Não aqui.

— Sim, aqui.

— Não, Jack, não.

Abraçou-a e ela não se afastou.

— Aqui seria impossível. Mas... não poderia partir comigo?

Por alguns instantes, uma luta interior modificou as feições de McMurdo e seu rosto se endureceu numa resolução furiosa.

— Não, será aqui — disse ele. — Eu a defenderei contra o mundo inteiro, Ettie, aqui onde estamos.

— Por que não podemos partir juntos?

— Não, Ettie, não posso partir.

— Por quê?

— Não ousaria nunca mais andar de cabeça erguida se tivesse o sentimento de que fui expulso daqui. Além disso, de que teríamos medo? Não somos cidadãos livres num país livre? Se você me ama e eu a amo, quem ousaria intrometer-se?

— Você não sabe, Jack. Está aqui há pouco tempo. Não conhece Baldwin. Não conhece McGinty e seus Vingadores.

— Não, não os conheço, mas eles não me assustam e não acredito em seu poder — protestou McMurdo. — Vivi entre homens rudes, minha querida, e isso sempre terminou da mesma maneira. Não era eu que tinha medo deles, mas eles que me temiam. Sempre, Ettie. É incrível. Se estes homens, como seu pai afirma, cometeram um crime depois do outro no vale, e se todos sabem disso, como é possível que não tenham sido denunciados à justiça? Responda a isso, Ettie.

— Porque ninguém ousa testemunhar contra eles. Quem o fizesse morreria no mesmo mês. E também porque eles têm sempre homens dispostos a jurar que o acusado se encontrava a mil léguas da cena do crime. Certamente, Jack, leu os jornais. Disseram-me que toda a imprensa dos Estados Unidos fala deles.

— Li diversos artigos, é verdade, mas pensei que fosse invenção. Talvez esses Vingadores tenham uma razão justificada para agir desse modo. Talvez estejam sendo prejudicados e não tenham outro meio para se defender.

— Oh, Jack, não quero ouvi-lo falar desse jeito. É assim que fala... o outro.

— Baldwin? Ah, ele fala assim, não é?

— E é por isso que o detesto tanto. Ah, Jack, agora posso dizer-lhe a verdade. Detesto-o de todo o coração, mas tenho medo dele. Por mim mesma e, sobretudo, por causa de meu pai. Sei que uma catástrofe se abateria sobre nós se eu ousasse dizer o que realmente sinto. Por isso o tenho iludido com meias promessas. Mas, se partir comigo, Jack, poderíamos levar meu pai e viver para sempre longe do alcance desses homens maus.

De novo o rosto de McMurdo revelou a luta que se travava dentro dele. De novo uma resolução inabalável concluiu seu debate interior.

— Não acontecerá mal algum, Ettie, nem a você, nem a seu pai. E, quanto a essa gente, pergunto-me se não me achará tão mau quanto o pior deles antes de nos casarmos.

— Não, não, Jack! Confio em você... para sempre.

McMurdo sorriu amargamente.

— Por Deus! Como me conhece mal. Sua alma inocente, minha querida, não conseguiu sequer adivinhar o que se passa na minha. Mas, com os demônios, quem é o visitante?

A porta se abrira bruscamente e um jovem entrou com o ar presunçoso de quem se sente em sua casa. Era robusto e elegante e tinha quase a mesma idade e estatura de McMurdo. Debaixo de seu chapéu de feltro negro de abas largas, que não se dera ao trabalho de tirar, ele observava com olhos furiosos o casal sentado junto ao fogão. Seu nariz adunco e seu perfil de águia não abrandavam a expressão de seu olhar.

De um salto, Ettie se pusera de pé. Estava, mais que confusa, assustada.

— Estou feliz em vê-lo, sr. Baldwin — disse. — Chegou antes do que eu esperava. Sente-se.

Baldwin, com as mãos na cintura, fixava McMurdo.

— Quem é este? — perguntou secamente.

— Um de meus amigos, sr. Baldwin. Um novo pensionista. Sr. McMurdo, posso apresentá-lo ao sr. Baldwin?

Os dois trocaram um sinal de cabeça mal-humorado.

— A srta. Ettie deve tê-lo posto a par de nossas relações — disse Baldwin.

— Não sabia que havia alguma relação entre os dois.

— Ah, sim? Então vai saber, e logo. Pode acreditar em mim: esta jovem é minha, e achará a noite muito agradável para um passeio.

— Obrigado. Não estou com vontade de passear.

— Não?

Os olhos do sr. Baldwin se abrasaram de furor.

— Talvez esteja, então, com vontade de brigar, senhor pensionista.

— Adivinhou! — gritou McMurdo, pondo-se de pé. — Nunca disse uma palavra tão acertada.

— Pelo amor de Deus, Jack! — gritou a pobre Ettie, fora de si. — Oh, Jack, Jack, ele pode machucá-lo.

— Ah, já o chama de Jack, não é? — disse Baldwin, soltando uma praga. — Já chegaram a esse ponto?

— Oh, Ted, seja razoável, por favor. Por mim, Ted. Se me ama, seja generoso e perdoe-o.

— Penso, Ettie, que, se nos deixar sozinhos, poderemos resolver este assunto — disse McMurdo tranquilamente. — A menos que, sr. Baldwin, prefira dar uma volta comigo na rua. A noite está agradável, o senhor disse, e há um terreno baldio na próxima quadra.

— Acabarei com você sem precisar sujar as mãos — respondeu o rival. — Lamentará ter posto os pés nesta casa antes mesmo que eu me livre de você.

— Não há melhor momento que este — bradou McMurdo.

— Eu escolherei a hora. Deixe por minha conta. Olhe aqui.

Ele arregaçou a manga e mostrou em seu antebraço um

sinal especial que parecia ter sido impresso com ferro quente. Era um triângulo dentro de um círculo.

— Sabe o que isto significa?

— Não sei, nem me interessa saber.

— Mas saberá. Juro-lhe que saberá. E daqui a pouco. A srta. Ettie poderá informar-lhe. Quanto a você, Ettie, voltará a mim de joelhos. Ouviu, garota? De joelhos. E em seguida lhe direi qual será seu castigo. Você semeou e, por Deus, cuidarei que colha.

Lançou-lhe um último olhar furioso. Depois girou nos calcanhares e bateu a porta atrás de si.

Por um instante, McMurdo e a jovem permaneceram imóveis e em silêncio. Depois ela se atirou em direção a ele e o envolveu com seus braços.

— Oh, Jack, como foi corajoso. Mas isso de nada adianta. Precisa fugir. Esta noite, Jack. Esta noite. É a sua única chance. Ele o matará. Li em seus olhos terríveis. Que chance pode ter contra doze homens, com o chefe McGinty e todo o poder da Loja por trás deles?

McMurdo se desvencilhou de seus braços, beijou-a e a levou suavemente até uma cadeira.

— Sente-se, querida, e ouça. Não fique preocupada nem tema por mim. Também sou um homem livre. Eu o disse a seu pai. Eu talvez não seja melhor que os outros. Não me tome por um santo. Não deteste também a mim, agora que lhe disse tudo.

— Odiá-lo, Jack! Enquanto viver, não poderei odiá-lo. Ouvi dizer que não há mal algum em ser um homem livre em qualquer lugar, menos aqui. Por que então deveria pensar o pior de você? Mas, como é um homem livre, Jack, por que não vai até a Loja e faz amizade com McGinty? Vá depressa, Jack. Fale com ele primeiro, senão a matilha se lançará no seu encalço.

— Tive a mesma ideia — disse McMurdo. — Vou imediatamente para arranjar tudo. Pode dizer a seu pai que dormirei aqui esta noite e amanhã procurarei outro lugar.

O bar de McGinty estava lotado de gente, pois era o local favorito dos piores indivíduos da cidade. O homem era popular, porque suas maneiras joviais lhe serviam de máscara. Entretanto, o medo que inspirava não só em Vermissa, mas nos cinquenta quilômetros do vale e no outro lado das montanhas, era mais que suficiente para encher o bar, pois ninguém podia dar-se ao luxo de negligenciar suas boas graças.

Além dos poderes ocultos que todos acreditavam que ele exercesse sem a menor piedade, McGinty era uma personalidade pública. Fora eleito conselheiro municipal e comissário das estradas pelos votos dos mal-intencionados, que, em troca, esperavam receber favores. Os impostos e as taxas eram enormes, os serviços públicos notoriamente descuidados, as contas públicas aprovadas por auditores corruptos. O cidadão honesto se via obrigado a submeter-se à chantagem pública e a calar-se, com medo de que lhe acontecesse algo pior. Por isso, de ano para ano, os prendedores de gravata de diamantes do patrão McGinty tornavam-se cada vez mais vistosos, suas correntes de ouro aumentavam de peso, e seu bar crescia em extensão a ponto de ameaçar absorver todo um lado da praça do Mercado.

McMurdo empurrou a porta do bar e abriu caminho entre a multidão barulhenta e agitada, numa atmosfera saturada de fumaça de tabaco e de mau cheiro de álcool. A sala estava bem iluminada. Espelhos dourados enormes em cada parede refletiam e multiplicavam esse excesso de luzes. Havia vários empregados que, em mangas de camisa, trabalhavam para servir bebidas aos clientes que cercavam o largo balcão coberto de metal. Numa das extremidades, com o corpo apoiado no balcão, um charuto formando com o canto da boca um ângulo agudo, estava um homem alto e forte, de compleição pesada, que só podia ser o famoso McGinty. Tinha uma cabeleira negra que caía até o colarinho, uma barba que cobria as maçãs do rosto, a pele escura de um italiano, olhos fixos e negros levemente estrábicos que assustavam quem os encarava. Quanto ao resto, um corpo bem-proporcionado, traços finos e maneiras francas correspondiam perfeitamente à jovialidade e à espontaneidade que afetava. Um visitante desavisado diria que se tratava de um homem valoroso e honesto, com um coração sincero, apesar da incontinência acidental de sua linguagem. Mas, quando seus olhos fixos, negros, profundos e implacáveis se fixavam no interlocutor, este começava a tremer e sentir que se encontrava diante de um verdadeiro gênio do mal, com uma força, uma coragem e uma astúcia que o tornavam mil vezes mais perigoso.

Depois de observar bem o homem que procurava, McMurdo abriu caminho a cotoveladas com sua ousadia costumeira e afastou o pequeno grupo de aduladores que, reunidos em volta do chefe, riam às gargalhadas de suas menores pilhérias. Os olhos atrevidos do jovem forasteiro fixaram com impavidez os olhos negros que se voltaram asperamente para ele.

— Olá, jovem, não consigo recordar sua cara em minha memória.

— Sou novo aqui, sr. McGinty.

— Não é tão novo que não possa chamar pelo seu título um homem como convém.

— É o conselheiro McGinty, jovem — explicou alguém do grupo.

— Sinto muito, conselheiro. Ainda não conheço os hábitos do lugar. Mas me aconselharam a vê-lo.

— Muito bem, está me vendo de corpo inteiro. O que acha de mim?

— É muito cedo para dizer. Mas, se o seu coração é tão grande como o seu corpo, e a sua alma tão bela como o seu rosto, ficarei feliz — respondeu McMurdo.

— Com os diabos, tem uma língua irlandesa na boca — exclamou o dono do bar, não muito seguro se devia brincar com esse visitante audacioso ou manter a dignidade. — Então consente em se declarar satisfeito com meu físico?

— Naturalmente.

— E lhe disseram que passasse para me ver?

— Sim.

— Quem?

— O irmão Scanlan, da Loja 341, de Vermissa. Bebo à sua saúde, conselheiro, e à nossa melhor amizade.

Ao dizer isso, levou aos lábios um copo que lhe fora servido e ergueu o dedo mindinho enquanto bebia. McGinty, que o observava atentamente, franziu as grossas sobrancelhas escuras.

— Ah, é assim, então? Terei de examinar seu caso um pouco mais de perto, senhor...?

— McMurdo.

— Um pouco mais de perto, sr. McMurdo, pois aqui não confiamos totalmente nas pessoas, nem acreditamos em tudo o que dizem. Venha atrás do bar por um instante.

Havia ali uma pequena sala com tonéis alinhados nas paredes. McGinty fechou a porta cuidadosamente e sentou-se num tonel. Mastigando o charuto, examinava o companheiro com seus olhos inquietos. Durante dois minutos se manteve em silêncio completo.

McMurdo suportou a inspeção com bom humor. Tinha uma mão no bolso do casaco. A outra alisava o bigode castanho. De repente, McGinty se inclinou e sacou um revólver de aspecto pouco tranquilizador.

— Veja isto, seu engraçadinho — disse ele. — Se eu descobrir que quer nos pregar uma peça, eu o enviarei imediatamente para o outro mundo.

— É uma forma curiosa de um grão-mestre de uma Loja de homens livres acolher um irmão de fora — respondeu McMurdo com certa dignidade.

— É justamente isso que deve me provar — disse McGinty. — E, se não me provar, que Deus o ajude. Onde fez a iniciação?

— Na Loja 29, em Chicago.

— Quando?

— Em 24 de junho de 1872.

— Quem é o grão-mestre?

— James H. Scott.

— Quem era o responsável por seu distrito?

— Bartholomew Wilson.

— Hum! Não se saiu mal até agora. O que está fazendo em Vermissa?

— Trabalhando, como o senhor, porém num emprego menos remunerador.

— Tem a resposta muito fácil.

— Sim, sempre tive a língua rápida.

— Também é rápido na ação?

— Eu tinha essa fama entre os que me conheciam bem.

— Bem, talvez o ponhamos à prova mais cedo do que imagina. Ouviu falar da nossa Loja?

— Disseram-me que é preciso ser um homem de verdade para ser um irmão.

— É verdade, sr. McMurdo. Por que deixou Chicago?

— Prefiro ser enforcado a lhe dizer.

McGinty arregalou os olhos. Não estava habituado a ouvir tais respostas e isso o divertiu.

— Por que não quer me contar?

— Porque um irmão nunca deve mentir a outro.

— Então a verdade não é muito boa para ser dita?

— Pode entender assim se quiser.

— Ouça, jovem. Não pode esperar que eu, como grão-mestre, admita na Loja alguém cujo passado não conheço.

McMurdo pareceu embaraçado. Depois tirou do bolso interno um velho recorte de jornal.

— O senhor não denunciaria um companheiro? — perguntou.

— Vou quebrar-lhe a cara se me falar neste tom — enfureceu-se McGinty.

— Tem razão, conselheiro — murmurou McMurdo docilmente. — Desculpe-me. Falei sem refletir. Sei que em suas mãos estou em segurança. Veja este recorte de jornal.

McGinty percorreu com os olhos o relato do assassínio de um tal de Jonas Pinto, no Bar do Lago, na rua do Mercado, em Chicago, na noite de 1º de janeiro de 1874.

— É um trabalho que fez? — indagou, devolvendo o jornal.

McMurdo respondeu com um aceno afirmativo de cabeça.

— Por que o matou?

— Eu ajudava Tio Sam a fazer dólares. Os meus talvez não fossem de ouro tão puro como os dele, mas eram muito bons e custavam mais barato para fabricar. Esse Pinto me ajudava a pôr os dólares em circulação. Um dia disse que me denunciaria. Talvez o tenha feito. Não esperei para ver. Matei-o e vim para a região do carvão.

— Por que a região do carvão?

— Porque li nos jornais que não eram muito exigentes por estas bandas.

McGinty se pôs a rir.

— Você primeiro foi falsário, depois assassino, e veio para cá pensando que seria bem-vindo?

— É mais ou menos isso — respondeu McMurdo.

— Pois bem, acho que irá longe. Diga-me, ainda pode fabricar dólares?

McMurdo tirou do bolso meia dúzia deles.

— Estes nunca passaram pela Casa da Moeda de Washington — disse ele.

— Está falando sério?

McGinty colocou-os diante da luz. Segurava-os em sua mão enorme, tão peluda como a pata de um gorila.

— Não vejo nenhuma diferença. Com os diabos, você será um irmão muito útil. Podemos aceitar entre nós duas ou três pessoas ativas, amigo McMurdo, pois há ocasiões em que somos obrigados a nos defender. Estaríamos logo contra a parede se não fizéssemos recuar aqueles que nos atacam.

— Por Deus, creio que terei o meu lugar na defesa.

— Parece-me ter os nervos sólidos. Não pestanejou quando apontei esta pistola em sua direção.

— Não era eu que estava em perigo.

— Quem então?

— O senhor, conselheiro.

McMurdo tirou uma pistola carregada do bolso lateral de seu casaco.

— Eu o visava o tempo todo. Creio que meu disparo seria tão rápido quanto o seu.

McGinty ficou vermelho de raiva, e depois desatou a rir.

— Com a breca! — exclamou. — Há muito tempo não vemos um sacripanta do seu gênero desembarcar em Vermissa. Tenho a impressão de que um dia a Loja terá orgulho de você. O que é? Não posso falar cinco minutos a sós com um cavalheiro sem ser interrompido?

O empregado baixou a cabeça.

— Desculpe-me, conselheiro. É o sr. Ted Baldwin. Quer vê-lo imediatamente.

A mensagem era inútil, pois o rosto resoluto e cruel do visitante passou por cima do ombro do empregado. Ele o afastou e fechou a porta.

— Então — disse ele, olhando furioso para McMurdo —, chegou aqui primeiro, hein? Tenho duas palavras a lhe dizer sobre este indivíduo, conselheiro.

— Pois diga-as já e na minha frente — bradou McMurdo.

— Eu as direi na minha hora e do meu jeito.

— Calma, calma! — interveio McGinty, levantando-se do seu tonel. — Assim não dá. Temos aqui um novo irmão, Baldwin, e não devemos acolhê-lo desta maneira. Estenda-lhe a mão, meu velho, e façam as pazes.

— Nunca! — gritou Baldwin.

— Ofereci-me para lutar com ele se julgasse que o havia prejudicado — disse McMurdo. — Lutarei com os punhos ou, se não lhe convier, com a arma que ele escolher. Agora lhe deixo o cuidado, conselheiro, de ser o árbitro entre nós, como um grão-mestre deve fazer.

— O que há entre vocês?

— Uma jovem. Ela é livre para escolher, penso.

— De verdade? — gritou Baldwin.

— Como se trata de dois irmãos da Loja, ela é livre — declarou o chefe.

— Esta é a sua lei, talvez?

— Sim, esta é a minha lei, Ted Baldwin — respondeu McGinty, olhando-o maldosamente. — É você que quer se opor a ela?

— Desprezaria alguém que há cinco anos está ao seu lado, em favor de um homem que nunca viu na vida? Não será grão-mestre para sempre, Jack McGinty, e, por Deus, na próxima eleição...

O conselheiro saltou sobre ele como um tigre. Apertou as mãos em volta do pescoço do outro e o arremessou em cima de um dos tonéis. Louco de raiva, ele o teria sufocado se McMurdo não tivesse intervindo.

— Calma, conselheiro! Pelo amor do Céu, largue-o! — gritou ele, puxando-o para trás.

McGinty afrouxou o aperto. Baldwin, assustado e abatido,

procurando recuperar o fôlego e trêmulo, era a imagem viva do homem que voltou das fronteiras da morte. Sentou-se sobre o tonel contra o qual tinha sido atirado.

— Há muito tempo merece isso, Ted Baldwin. Agora conseguiu! — gritou McGinty, enquanto seu peito enorme arfava tumultuosamente. — Imaginou que, se eu não for reeleito grão-mestre, tomará o meu lugar? Isso será a Loja que decidirá. Mas, enquanto eu for o chefe, ninguém erguerá a voz contra mim ou minhas decisões.

— Não tenho nada contra você — gaguejou Baldwin, com a mão na garganta.

— Bem, então — exclamou o outro, retomando imediatamente seu tom de rude jovialidade —, somos todos bons amigos, e o caso está resolvido.

Ele pegou uma garrafa de champanha na prateleira e fez saltar-lhe a rolha.

— E agora — continuou, enquanto enchia três cálices —, vamos fazer um brinde à reconciliação dos membros da Loja. Depois disso, vocês sabem, nenhuma disputa é mais possível. E neste momento, com a mão esquerda no pomo de adão, eu lhe pergunto, Baldwin: qual é a ofensa?

— As nuvens estão carregadas — respondeu Baldwin.

— Mas se dissiparão para não mais voltar.

— Eu juro.

Eles esvaziaram os copos, e a mesma cerimônia se repetiu entre Baldwin e McMurdo.

— E assim a disputa terminou — bradou McGinty, esfregando as mãos. — Se ela se repetir, estarão sujeitos à disciplina da Loja, e em Vermissa ela pune com severidade, como o irmão Baldwin não ignora, e como logo perceberá, irmão McMurdo, se criar problemas.

— Com os demônios! — respondeu McMurdo, estendendo a mão para Baldwin. — Sou rápido para brigar, e mais rápido para perdoar. Dizem que é culpa do meu sangue quente de irlandês. Mas para mim está tudo terminado, e não guardo ressentimento.

Baldwin foi obrigado a apertar a mão que lhe era oferecida, pois os olhos do chefe não o deixavam. Mas sua aparência carrancuda mostrava que as palavras de McMurdo não o comoveram.

McGinty bateu nos ombros de ambos.

— Ah, estas mulheres, estas mulheres! — suspirou. — Dizer que a mesma saia opõe dois de meus rapazes. É coisa do diabo. No fim das contas, esta questão foge à competência de um grão-mestre, e que o Senhor seja louvado! Já temos muito o que fazer para nos preocupar com as mulheres. Irmão McMurdo, o senhor será filiado à Loja 341. Temos hábitos e métodos que não são os de Chicago. Reunimo-nos na noite de sábado. Se comparecer, será livre para sempre no vale de Vermissa.

Capítulo 3

Loja 341, Vermissa

No dia seguinte a essa noite fértil em acontecimentos emocionantes, McMurdo saiu da Pensão Shafter e foi instalar-se na casa da viúva MacNamara, na periferia da cidade. Scanlan, que havia conhecido no trem, pouco depois se mudou para Vermissa e ambos passaram a morar juntos. Eram os únicos pensionistas de uma velha irlandesa que os deixava à vontade. Tinham grande liberdade para falar e agir, liberdade indispensável para homens que tinham segredos comuns. Shafter consentira em deixar McMurdo fazer as refeições em sua casa quando quisesse. Assim, suas relações com Ettie não foram interrompidas. Ao contrário, à medida que as semanas passavam, tornavam-se mais estreitas e mais íntimas.

Em seu novo quarto, McMurdo sentiu-se suficientemente em segurança para servir-se de suas matrizes de cunhar moedas. Depois de repetidas e solenes promessas de discrição, alguns irmãos da Loja foram autorizados a vir a sua casa e sair com os bolsos cheios de moeda falsa. As moedas eram imitadas tão habilmente que passavam sempre sem dificuldade. Por que, possuindo essa habilidade maravilhosa, McMurdo condescendia em trabalhar em outros lugares? Seus companheiros não conseguiam entender, mas ele respondia a todos que lhe faziam a pergunta que, se vivesse sem meios normais de sustento, logo chamaria a atenção da polícia.

Na realidade, um policial logo se interessou por ele. Mas o episódio se revelou mais vantajoso que prejudicial para o aventureiro. Depois da primeira visita ao bar de McGinty, ele passou ali muitas noites para conhecer melhor os "rapazes", como se chamavam gentilmente os membros do bando que espalhava o terror na região. Seu entusiasmo natural e sua linguagem atrevida o tornaram popular junto deles. E a rapidez aliada à técnica com que dominou o adversário numa briga que estourou no bar trouxe-lhe o respeito unânime. Pouco depois, outro incidente o elevou ainda mais em sua estima.

Numa noite em que havia muita gente, um homem entrou. Usava o uniforme azul e o boné com pala da Polícia do Carvão e do Ferro. Era uma unidade especial que fora recrutada pelos dirigentes das ferrovias e das minas de carvão para auxiliar nos esforços da polícia civil regular, que não conseguia fazer face ao crime organizado que controlava a região. Quando entrou no bar, um silêncio geral se estabeleceu e foi alvo de todos os olhares. Mas, nos Estados Unidos, as relações entre policiais e criminosos não são como em outros lugares. O próprio McGinty, que estava atrás do balcão, não demonstrou nenhuma surpresa quando o inspetor se juntou a seus clientes.

— Um uísque seco, pois a noite está gelada — pediu o oficial de polícia. — Creio que já nos encontramos, conselheiro?

— O senhor é o novo capitão? — indagou McGinty.

— Sou. Contamos com o senhor, conselheiro, e com outros cidadãos eminentes, para que nos ajudem a manter a lei e a ordem nesta cidade. Meu nome é Marvin. Capitão Marvin, da Polícia do Carvão e do Ferro.

— Nós nos arranjaremos melhor sem o senhor, capitão Marvin — respondeu McGinty, friamente. — Temos a nossa própria polícia da cidade e não precisamos de ninguém vindo de fora. O senhor é o instrumento remunerado pelo capital, pago pelos capitalistas para agredir com cacetadas ou abater seus concidadãos mais pobres.

— Ora, não vamos discutir sobre isso — disse sorrindo o oficial de polícia. — Cumprimos nosso dever como o entendemos, mas nem todos têm a mesma opinião.

Ele esvaziou o copo e ia sair quando seu olhar caiu em McMurdo, que franzia o cenho ao lado dele.

— Olá! — exclamou, medindo-o dos pés à cabeça. — Temos aqui um velho conhecido.

McMurdo se afastou.

— Nunca fui seu amigo nem amigo de nenhum tira em minha vida — disse.

— Um conhecido não é necessariamente um amigo — proferiu o capitão Marvin, sorrindo com todos os dentes. — O senhor é Jack McMurdo, de Chicago, e não pode negar.

McMurdo encolheu os ombros.

— Não nego — disse. — Acha que tenho vergonha do meu nome?

— De qualquer maneira, tem um bom motivo para isso.

— O que pretende insinuar com estas palavras? — rugiu McMurdo, fechando os punhos.

— Não, Jack. É inútil bancar o fanfarrão comigo. Eu era funcionário em Chicago antes de vir para cá, e quando vejo um delinquente de Chicago ainda o reconheço.

McMurdo caiu em si.

— O senhor não é o Marvin da Delegacia Central de Chicago? — perguntou.

— Sou o mesmo Teddy Marvin, a seu serviço. Ainda não esquecemos o modo como Jonas Pinto foi morto.

— Eu não o matei.

— Realmente? É curioso. Mas a morte dele ocorreu num bom momento, pois o testemunho dele o deixaria em maus lençóis. Afinal, não falemos mais do passado, pois, cá entre nós, e talvez esteja indo mais longe do que deveria profissionalmente falando, não conseguimos obter provas seguras contra o senhor. Amanhã poderá voltar para Chicago e não será incomodado.

— Encontro-me muito bem onde estou.

— Bem, dei-lhe uma informação valiosa e poderia ter uma palavra de agradecimento pelo menos.

— Suponho que não tem nada contra mim e lhe agradeço — respondeu McMurdo, sem entusiasmo.

— Ficarei calado enquanto estiver no bom caminho —

disse o capitão. — Mas, se sair mais uma vez da linha, será outra história. Boa noite para o senhor. Boa noite, conselheiro.

Saiu do bar, mas havia criado um herói local. Espalhou-se o boato de que McMurdo havia feito das suas em Chicago. Quando lhe perguntavam a respeito, desviava de assunto com o sorriso de alguém que não queria que fizessem grande caso disso. Mas a coisa acabava de ser oficialmente confirmada. Os frequentadores o cercaram e lhe apertaram a mão. Agora podia fazer o que bem entendesse na comunidade. McMurdo sabia beber muito sem deixar transparecer, mas naquela noite, se seu amigo Scanlan não estivesse no bar de McGinty para levá-lo para casa, o novo herói teria certamente terminado a noite debaixo do balcão.

Na noite de sábado McMurdo foi apresentado à Loja. Como fora iniciado em Chicago, acreditava que não haveria cerimônia para sua admissão. Mas Vermissa se orgulhava de ter ritos especiais e todo postulante devia submeter-se a eles. A reunião ocorreu numa sala grande reservada para esse efeito na sede do sindicato. Sessenta membros estavam presentes. Representavam apenas pequena parte da organização, pois várias outras lojas funcionavam no vale e no outro lado das montanhas. Elas trocavam seus membros entre si quando um caso sério era preparado, de modo que um crime podia ser cometido por indivíduos completamente estranhos à localidade. Não havia menos de quinhentos afiliados em todo o distrito do carvão.

Os assistentes estavam reunidos ao redor de uma longa mesa. A sala estava despida de qualquer ornamento. Ao seu lado havia outra mesa, carregada de garrafas e copos, e alguns irmãos já volviam os olhos em sua direção. McGinty sentou-se no lugar de honra da mesa grande com um barrete de veludo negro na cabeça e uma espécie de estola púrpura nos ombros. Tinha o ar de um padre oficiante de um ritual diabólico. Os mais altos dignitários da Loja o cercavam, entre eles Ted Baldwin. Cada um exibia uma estola ou um medalhão que simbolizava sua função e seu título.

Eram na maioria homens de idade madura. O resto da assistência se compunha de jovens entre dezoito e vinte e cinco anos, que executavam as ordens dos mais velhos. Nos rostos da maior parte destes adivinhava-se uma alma feroz e sem lei. Mas, quando se olhava para os jovens, era difícil acreditar que aqueles rapazes de rostos francos e sinceros formavam um bando perigoso de criminosos. Seus espíritos tinham sucumbido a uma perversidade moral tão completa que sentiam um orgulho horrível de serem "eficazes", e devotavam àquele que tinha a reputação de fazer "um serviço limpo" o mais profundo respeito.

Radicalmente corrompidos, estimavam que era um gesto cavalheiresco e corajoso oferecer-se como voluntários para ajustar as contas com alguém que nunca os prejudicara e que, nove vezes em dez, nunca haviam visto. Assim que o crime era consumado, disputavam para saber quem havia assentado o golpe fatal, e se divertiam em descrever as súplicas e os espasmos de agonia da vítima.

No início observavam o segredo sobre suas atividades, mas na época em que este relato se situa não se incomodavam mais de falar delas, pois os fracassos repetidos da lei lhes haviam provado duas coisas: primeiro, que ninguém ousaria testemunhar contra eles; em seguida, que dispunham de um número ilimitado de testemunhos falsos aos quais podiam recorrer, e de um caixa bem provido no qual podiam obter os fundos necessários para contratar os melhores advogados do Estado. Em dez longos anos de desmandos nenhum deles sofrera a menor punição. O único perigo que ameaçava os Vingadores vinha das próprias vítimas, que, embora inferiores em número e pegas de surpresa, podiam deixar uma recordação, em seus agressores, o que ocorria às vezes.

McMurdo fora avisado de que seria submetido a uma prova, mas ninguém quis dizer-lhe em que consistia. Foi introduzido numa sala isolada por dois irmãos de aspecto solene. Pela parede de madeira percebia o zum-zum de muitas vozes na grande sala. Uma ou duas vezes ouviu seu nome e compreendeu que estavam discutindo sua candidatura. Depois um homem da guarda entrou no aposento onde estava, com uma faixa verde-amarela atravessada no peito.

— O grão-mestre ordenou que seja amarrado, tenha os olhos vendados e seja apresentado — disse.

Três homens tiraram seu casaco, arregaçaram a manga da camisa de seu braço direito e passaram uma corda acima de seus cotovelos. Depois puseram em sua cabeça um capuz negro de tecido espesso e o enterraram até cobrir a parte superior de seu rosto, para que não pudesse enxergar nada. Assim vestido, foi levado à sala de reunião.

Debaixo desse capuz tinha a impressão de que fazia noite escura e respirava com dificuldade. Ouviu os cochichos dos assistentes e depois a voz de McGinty chegou abafada a seus ouvidos.

— John McMurdo — disse a voz —, já é membro da Ordem Antiga dos Homens Livres?

Ele inclinou a cabeça afirmativamente.

— A sua Loja é a 29, em Chicago?

Ele inclinou novamente a cabeça.

— As noites escuras são desagradáveis — disse a voz.

— Sim, para os forasteiros que têm de viajar — respondeu ele.

— As nuvens estão carregadas.

— Sim, uma tempestade se aproxima.

— Os irmãos estão satisfeitos? — perguntou o grão-mestre.

Houve um murmúrio geral de assentimento.

— Sabemos, irmão, por suas respostas exatas às nossas palavras de ordem, que é realmente um dos nossos — disse McGinty. — Queremos, entretanto, que saiba que, neste distrito e em outros distritos das vizinhanças, temos alguns ritos e obrigações que exigem bravura. Está pronto para a prova?

— Sim.

— É corajoso?

— Sim.

— Dê um passo à frente para comprovar.

Enquanto essas palavras eram ditas, McMurdo sentiu duas pontas duras diante de seus olhos, que os comprimiam de tal maneira que tinha a impressão de que, se avançasse, teria os olhos vazados. Contudo, deu resolutamente um passo e a pressão desapareceu. Ouviu um discreto murmúrio de elogios.

— Ele é corajoso — disse a voz. — Consegue suportar a dor?

— Tão bem quanto a anterior — respondeu ele.

— Ponha-o à prova.

Ele precisou de todas as forças para não gritar, pois uma dor terrível transpassou seu antebraço. Quase desmaiou com o choque repentino, mas mordeu os lábios e apertou os punhos para dissimular o sofrimento.

— Posso suportar mais ainda — disse ele.

Desta vez os aplausos explodiram. A Loja nunca havia visto neófito mais determinado. Muitas mãos bateram-lhe nas costas e seu capuz foi retirado. Ele permaneceu de pé, piscando os olhos e sorrindo, enquanto os irmãos o cumprimentavam.

— Uma última palavra, irmão McMurdo — disse McGinty. — Já prestou o juramento do segredo e da fidelidade. Não ignora que um perjúrio ocasionaria instantaneamente a sua morte.

— Eu sei.

— E aceita o comando do grão-mestre em todas as circunstâncias?

— Sim.

— Então, em nome da Loja 341, de Vermissa, convido-o aos seus privilégios e aos seus ritos. Pode nos servir a bebida, irmão Scanlan. Brindaremos em honra de nosso digno irmão.

Devolveram a McMurdo seu casaco, mas, antes de vesti--lo, ele examinou o braço direito, que ainda ardia fortemente. Na carne do antebraço se desenhava um círculo bem traçado, com um triângulo no interior, tal como o ferro em brasa o havia impresso. Seus vizinhos arregaçaram suas mangas e lhe mostraram a insígnia da Loja.

— Nós também a recebemos — disse um deles —, mas não com tanta valentia.

— Ora, não foi terrível — respondeu ele.

Mas a dor continuava a queimá-lo.

Quando, com o copo na mão, a cerimônia de iniciação foi festejada, a Loja abordou o exame da ordem do dia. McMurdo, que só conhecia os debates prosaicos de Chicago, ouvia com grande atenção, e com mais surpresa do que se arriscou a demonstrar, o que foi dito em seguida.

— O primeiro assunto inscrito na ordem do dia — declarou McGinty — é uma carta que vem do mestre de divisão Windle, de Merton, Loja 249. Aqui está:

Prezado senhor,

Há um pequeno trabalho a realizar com relação a Andrew Rae, da empresa Rae & Sturmash, proprietários das minas vizinhas. Deve lembrar-se de que sua Loja nos deve uma retribuição, pois se beneficiou do serviço de dois de nossos irmãos no caso do policial no outono passado. Se nos enviar dois voluntários, eles ficarão às ordens do tesoureiro Higgins da nossa Loja, cujo endereço é de seu conhecimento. Ele lhes indicará como agir, onde e quando.

Fraternalmente seu, J. W. Windle.

"Windle nunca nos negou o empréstimo de um ou dois homens quando precisávamos. Não vamos hoje lhe recusar um serviço."

McGinty fez uma pausa. Seus olhos malignos e opacos deram uma volta à sala.

— Quem se oferece para este trabalho?

Vários jovens levantaram a mão. O grão-mestre os observou com um sorriso de aprovação.

— Você irá, Tigre Cormac. Se você se sair tão bem como da última vez, tudo acontecerá normalmente. Você também, Wilson.

— Não tenho revólver — declarou o voluntário, que ainda não tinha quinze anos.

— É a sua primeira vez, não é? Bem, é preciso que tenha o seu batismo de fogo. Será um bom começo. Quanto ao revólver, encontrará um no local, tenho certeza. Se estiverem lá na próxima segunda-feira, terão tempo suficiente. Serão festejados calorosamente quando voltarem.

— Haverá recompensa desta vez? — perguntou Cormac.

Era um jovem moreno, atarracado, que tinha um aspecto selvagem, e cuja ferocidade lhe valera o apelido de "Tigre".

— Não pensem na recompensa. Façam somente pela honra da ação. Quando terminarem o trabalho, talvez encontrem alguns dólares sobrando no fundo da caixa.

— O que o homem fez? — indagou o jovem Wilson.

— Não é assunto seu perguntar o que ele fez. Ele foi julgado por lá e isso não nos diz respeito. O que devemos fazer é resolver o problema para eles, como fariam por nós. A propósito, dois irmãos da Loja de Merton virão aqui, na próxima semana, para um pequeno trabalho em nossa localidade.

— Quem são? — perguntou alguém.

— Francamente, é melhor não fazer esse tipo de perguntas. Se não souberem nada, não poderão testemunhar, e evitarão qualquer problema. São homens que fazem um bom trabalho quando é necessário.

— Será um grande momento — gritou Ted Baldwin. — Muita gente está merecendo castigo por aqui. Só na semana passada três dos nossos homens foram despedidos pelo capataz Blaker. Estamos em dívida com ele há muito tempo. Será preciso que a reembolsemos integralmente.

— Reembolsar como? — sussurrou McMurdo no ouvido de seu vizinho.

— Com uma bala bem colocada! — gritou o interpelado, dando uma gargalhada. — O que acha de nossos métodos, irmão?

McMurdo parecia já ter assimilado o espírito da associação criminosa da qual agora fazia parte.

— Estou gostando — disse. — O lugar é bom para um rapaz com brio.

Seus vizinhos o aplaudiram.

— O que está acontecendo? — gritou o grão-mestre, na outra ponta da mesa.

— É o nosso novo irmão, senhor, que acha nossos métodos do seu gosto.

McMurdo se levantou imediatamente.

— Eu queria dizer, venerável mestre, que, se precisar de um homem, considerarei uma honra ser designado para ajudar a Loja.

Aplausos estrondosos saudaram a declaração. Todos sentiam que um novo astro despontava no horizonte. Alguns veteranos acharam, entretanto, que ele ia rápido demais.

— Proponho — interveio o secretário Harraway, um velho de barba grisalha sentado ao lado do presidente — que o irmão McMurdo espere até que seja vontade da Loja empregá-lo.

— Certo. Era o que eu queria dizer. Estou inteiramente à sua disposição — respondeu McMurdo.

— A sua hora chegará, irmão — afirmou o presidente. — Observamos que é homem de boa vontade e acreditamos que fará um excelente trabalho na região. Esta noite participará de uma pequena tarefa, se for do seu agrado.

— Esperarei alguma coisa que valha a pena.

— De qualquer forma, poderá ajudar-nos esta noite, e compreenderá melhor o que defendemos nesta comunidade. Explicarei mais tarde. No momento tenho alguns pontos a apresentar à assembleia. Primeiro, peço ao tesoureiro que comunique nossa situação financeira. Precisamos pagar uma pensão à viúva de Jim Carnaway. Ele foi morto trabalhando pela Loja e nos cabe fazer que ela não passe necessidades.

— Jim foi morto no mês passado numa tentativa de matar Chester Wilcox, de Marley Creek — explicou a McMurdo um de seus vizinhos.

— O caixa está em boa situação atualmente — informou o tesoureiro, com a caderneta do banco a sua frente. — As empresas têm sido generosas nos últimos tempos. Max Linder & Co. pagaram quinhentos dólares para serem deixados em paz. Os irmãos Walker enviaram cem, mas já os devolvi pedindo quinhentos. Se não receber notícias até a próxima quarta-feira, suas instalações correm o risco de sofrer um acidente. No ano passado fomos obrigados a queimar sua máquina moedeira para que se tornassem mais razoáveis. Por seu lado, a West Section Coaling Company pagou sua contribuição anual. Dispomos de fundos suficientes para enfrentar qualquer obrigação.

— Que fim levou Archie Swindon? — indagou um irmão.

— Vendeu tudo e abandonou o distrito. O velho demônio deixou uma carta para nós declarando que preferia varrer as ruas de Nova York a ser um grande proprietário de minas controlado por um bando de chantagistas. Com os diabos, ele fez bem em ir embora antes que sua carta chegasse às nossas mãos. Aposto que nunca mais ousará pôr os pés no vale.

Um homem de certa idade, cujo rosto sem barba respirava a bondade, levantou-se na ponta da mesa que fazia frente à do presidente.

— Senhor tesoureiro — perguntou —, pode informar-nos quem comprou a propriedade deste homem que fizemos fugir do distrito?

— Claro, irmão Morris. Ela foi comprada pela State & Merton County Railroad Company.

— E quem comprou as minas de Todman e de Lee que foram postas à venda no ano passado pela mesma razão?

— A mesma companhia, irmão Morris.

— E quem adquiriu as siderúrgicas de Manson, de Shuman, de Van Deher e de Atwood, que foram abandonadas recentemente?

— Todas foram compradas pela West Gilmerton General Mining Company.

— Não vejo, irmão Morris — interveio o presidente —, por que o nome dos compradores seria de nosso interesse, pois não podem transportá-las para fora do distrito.

— Com todo o respeito que lhe devo, venerável mestre, penso que temos grande interesse nesta questão. Há uns dez anos o mesmo processo se renova. Estamos, aos poucos, expulsando os pequenos empresários, e qual é o resultado? Encontramos em seu lugar grandes empresas como a Railroad ou a General Iron, que têm seus diretores em Nova York ou na Filadélfia e não se preocupam com nossas ameaças. Podemos liquidar os pequenos patrões locais, mas os grandes vêm em seu lugar. E nos expomos a perigos graves. Os pequenos patrões não podiam nos fazer mal, pois não possuíam dinheiro nem influência para nos incomodar. Enquanto não os sobrecarregávamos demais, permaneciam sob o nosso poder.

Mas, se as grandes sociedades perceberem que atrapalhamos seus negócios, não pouparão esforços nem despesas para nos perseguir e levar à justiça.

Essas palavras de mau agouro suscitaram um grande silêncio. Os rostos se tornaram sombrios. Olhares sinistros foram trocados. Eles tinham sido tão poderosos, e tão pouco enfrentados, que chegaram a esquecer que uma reviravolta da sorte sempre era possível. A ideia expressa friamente pelo irmão Morris fez correr um arrepio até nas epidermes mais duras.

— Na minha opinião — prosseguiu o orador —, os pequenos patrões devem ser tratados com mais cuidado. No dia em que todos forem obrigados a sair daqui, o poder de nossa sociedade acabará.

A verdade desagradável nunca é popular. Quando o irmão Morris voltou a sentar-se, gritos irados saudaram sua conclusão. McGinty se levantou, com o semblante carrancudo.

— Irmão Morris — rebateu —, o senhor sempre foi um profeta da desgraça. Enquanto os membros desta Loja permanecerem unidos, nenhum poder nos Estados Unidos conseguirá destruir o nosso. Não demonstramos isso muitas vezes nos tribunais? Penso que as grandes empresas acharão mais simples pagar que nos combater, e farão como as pequenas. E agora, irmãos — McGinty tirou o barrete de veludo negro e a estola —, esta Loja encerra os trabalhos por esta noite. Só falta resolver um pequeno assunto, do qual falaremos antes de nos separarmos. Chegou a hora de confraternizarmos, bebendo alguma coisa e tocando um pouco de música.

A natureza humana é realmente estranha. Ali estavam homens acostumados a matar, que fizeram desaparecer muitos pais de família a respeito dos quais não professavam nenhum ódio especial. Nunca demonstraram a menor compaixão pela viúva nem pelos órfãos, mas uma música terna e patética era capaz de lhes arrancar lágrimas. McMurdo tinha uma bela voz de tenor. Se já não tivesse conquistado a simpatia da Loja, ele a ganharia imediatamente depois de cantar *Estou sentado na escada, Mary* e *Nas margens do grande rio*. Desde a primeira noite o novo recruta tornara-se um dos irmãos mais populares, que cada um adivinhava promovido a altas funções. Mas outras qualidades eram requeridas entre os Homens Livres e ele se deu conta disso antes do fim da noite. A garrafa de uísque passara diversas vezes de mão em mão. Os rapazes estavam animados, prontos para qualquer maldade. O grão-mestre levantou-se de novo para falar.

— Rapazes — disse —, há nesta cidade um homem que precisa de uma lição e cabe a vocês ministrá-la. Estou falando de James Stanger, do *Herald*. Viram que ele voltou a abrir a boca contra nós?

Um murmúrio de assentimento lhe respondeu, acompanhado aqui e ali por alguns palavrões. McGinty tirou um recorte de jornal do colete.

— "A LEI E A ORDEM!"... O texto começa assim:

> O terror reina no distrito do carvão e do ferro. Doze anos já se passaram desde os primeiros assassinatos que demonstraram a existência de uma organização criminosa em nossa região. Desde então os crimes não cessaram. Agora atingem uma amplidão que faz de nós o opróbrio do mundo civilizado. É para chegar a este ponto que o nosso grande país acolhe em seu seio os estrangeiros que fogem dos despotismos da Europa? Estes refugiados, estes banidos se tornarão tiranos? Imporão sua lei aos homens que lhes concederam o refúgio de que tanto necessitavam? Um estado de terror e de anarquia se estabelecerá à sombra das dobras sagradas da bandeira da liberdade? Os responsáveis são conhecidos. A organização trabalha a descoberto, publicamente. Por quanto tempo deveremos suportá-la? Teremos de viver constantemente...

— Já li o suficiente deste lixo — gritou o presidente, jogando o jornal sobre a mesa. — É isso que ele diz de nós. A pergunta que lhes faço é esta: o que devemos fazer com ele?

— Vamos acabar com ele! — gritaram doze vozes ferozes.

— Protesto! — desaprovou o irmão Morris, aquele cujo rosto respirava bondade. — Digo-lhes, irmãos, que nossa mão se abate com muita força neste vale e que está próximo o dia em que todos os cidadãos se unirão para nos esmagar.

James Stanger é um homem idoso. É respeitado na cidade e no distrito. Seu jornal defende as boas causas do vale. Se ele for morto, haverá uma revolta tão grande em todo o Estado que só terminará com nossa destruição.

— E como poderão nos destruir, senhor derrotista? — gritou McGinty. — Com a ajuda da polícia? Como, se metade da polícia está a nosso soldo e metade tem medo de nós? Com a ajuda dos tribunais e dos juízes? Eles já tentaram, e qual foi o resultado?

— Há um juiz, Lynch, que pode julgar o caso — replicou o irmão Morris.

Um coro de protestos indignados acolheu essa observação.

— Eu só teria de levantar o dedo — disse McGinty —, e faria vir a esta cidade duzentos homens que a limpariam de uma extremidade à outra.

De repente, ele ergueu a voz e inclinou para a frente sua fronte, que se enrugou de modo horrível.

— Ouça, irmão Morris. Estou de olho no senhor há algum tempo. Não tem coragem e procura destruir a coragem dos outros. Será um dia infeliz para o senhor, irmão Morris, quando seu nome figurar em nossa ordem do dia. Começo a pensar que deveria inscrevê-lo sem tardar.

Morris ficou mortalmente pálido. Quando caiu sentado em sua cadeira, a assistência poderia pensar que seus joelhos cediam ao seu peso. Com a mão trêmula, levou o copo aos lábios e o esvaziou antes de responder.

— Apresento-lhe minhas desculpas, venerável mestre, ao senhor e a todos os irmãos desta Loja, se falei mais do que devia. Sou um membro fiel e leal, como todos sabem, e é o medo de um acontecimento irreparável que me faz falar com essa ansiedade. Mas confio mais em seu julgamento que no meu, venerável mestre, e prometo que não o ofenderei mais.

O franzir de supercílio do grão-mestre se atenuou diante da humildade do irmão.

— Muito bem, irmão Morris. Seria eu que sentiria infligir-lhe uma lição. Mas, enquanto ocupar o posto que me confiaram, formaremos uma Loja unida em palavras e em atos. E agora, rapazes...

Ele lançou um olhar à assistência em volta.

— ... previno-os de que, se Stanger receber tudo o que merece, teremos mais problemas do que desejamos. Esses jornalistas se apoiam uns aos outros. Todos os jornais dos Estados Unidos exigiriam a proteção da polícia e das tropas. Mas penso que podem dar-lhe um aviso severo. Quer ocupar--se disso, irmão Baldwin?

— Certamente — respondeu o jovem, com entusiasmo.

— De quantos homens vai precisar?

— Meia dúzia, mais dois para guardar a porta. Venha você, Gower, e você, Mansel, e você, Scanlan, e os dois Willaby.

— Prometi ao nosso novo irmão que participaria da expedição — disse o presidente.

Ted Baldwin olhou para McMurdo com uma expressão que mostrava que não havia esquecido nem perdoado nada.

— Bem, que ele venha então — disse com voz ácida. — Somos muitos. Quanto mais cedo o trabalho for feito, melhor.

A assembleia separou-se entre berros e trechos de canções de bêbados. O bar ainda estava cheio de notívagos. Muitos irmãos ficaram ali. O pequeno grupo de serviço saiu e se dividiu para não chamar a atenção. Fazia muito frio. Uma meia-lua brilhava num céu límpido e cheio de estrelas. Os homens se reuniram num terreno em frente de um prédio alto. As palavras *Vermissa Herald* estavam gravadas em letras douradas entre as janelas profusamente iluminadas. Do interior vinha o barulho das máquinas impressoras.

— Ei, você! — disse Baldwin a McMurdo. — Você e Arthur Willaby ficarão embaixo, em frente da porta, e cuidarão para que o caminho esteja livre e desimpedido para a nossa saída. Os outros vêm comigo. Não tenham medo, rapazes, pois temos doze testemunhas que certificarão que nos encontramos neste momento no bar da sede do sindicato.

Era quase meia-noite e a rua estava deserta. O grupo atravessou a rua e, empurrando a porta da redação, Baldwin e seus homens se atiraram na escada que estava a sua frente. McMurdo e o outro permaneceram embaixo. Ouviram no primeiro andar um grito, um pedido de socorro, ruídos de passos e cadeiras caindo. Um instante mais tarde, um homem de cabelos grisalhos veio correndo até o patamar da escada. Antes de poder ir adiante, foi agarrado e seus óculos caíram aos pés de McMurdo. O ruído surdo de uma queda foi seguido por um gemido. Ele permaneceu estendido com o rosto no chão. Meia dúzia de bastões se abateu sobre suas costas. Ele se contorcia e seus longos membros franzinos tremiam com os golpes. Os agressores pararam por fim. Só Baldwin, com um sorriso cruel, continuou a bater na cabeça da vítima, que procurava proteger-se com as mãos. Manchas de sangue apareceram entre seus cabelos brancos. Baldwin, inclinado sobre a vítima, preparava um último golpe que o teria abatido, quando McMurdo subiu a escada e o empurrou para trás.

— Você vai matá-lo! — disse. — Pare com isso!

Baldwin o fitou com espanto.

— Vá para o diabo! — gritou. — Quem é você, novo na Loja, para interferir? Afaste-se!

Levantou o bastão, porém McMurdo já havia sacado o revólver.

— Afaste-se você! — gritou. — Estouro seus miolos se puser a mão em mim. Quanto à Loja, o grão-mestre não ordenou que Stanger não seja morto? E o que está fazendo senão tentando matá-lo?

— É verdade o que ele diz — aprovou um dos rapazes.

— Por Deus! É melhor que se apressem — gritou o homem de guarda na porta. — As janelas estão se iluminando e a cidade inteira logo estará atrás de nós.

Realmente, ouviam-se gritos na rua e um pequeno grupo de tipógrafos e linotipistas se formava no corredor para passar ao contra-ataque. Deixando o corpo inanimado do redator-chefe no alto da escada, os criminosos desceram precipitadamente e fugiram para a rua. Quando atingiram a sede do sindicato, alguns se misturaram ao grande número de clientes e sussurraram no ouvido de McGinty que o trabalho havia sido feito. Outros, como McMurdo, espalharam-se pelas ruas laterais e voltaram para suas casas.

Capítulo 4

O VALE DO TERROR

Quando acordou na manhã seguinte, McMurdo lembrou-se imediatamente de que havia sido iniciado na Loja. A quantidade de álcool que havia bebido lhe causara dor de cabeça e o braço, no lugar em que fora marcado com ferro quente, achava-se inchado e ardido. Como tinha sua fonte de renda pessoal, ia trabalhar irregularmente. Naquela manhã tomou o café mais tarde e não saiu de casa. Escreveu uma longa carta a um amigo. Em seguida passou a folhear o *Herald.* Numa notícia de "última hora", leu: "Agressão na redação do *Herald.* Redator-chefe ferido gravemente". Seguia um breve relato dos fatos que ele conhecia melhor que ninguém. A notícia terminava assim:

> O problema está agora aos cuidados da polícia. Mas dificilmente se pode esperar que seus esforços sejam coroados de maior êxito que no passado. Alguns agressores foram reconhecidos e há esperanças de que provas concretas sejam obtidas. Na origem do atentado, não é preciso dizer, encontra-se a organização infame que mantém a cidade como refém há muito tempo e contra a qual o *Herald* tomou posição inflexível. Os muitos amigos do sr. Stanger ficarão felizes ao saber que, embora tenha sido espancado com uma selvageria cruel e recebido ferimentos sérios na cabeça, sua vida não corre perigo imediato.

Abaixo da matéria uma notícia breve anunciava que uma guarda fornecida pela Polícia do Carvão e do Ferro, armada com winchesters, asseguraria dali por diante a defesa do prédio da redação.

McMurdo havia posto o jornal de lado e estava acendendo o cachimbo com mão trêmula quando bateram a sua porta. A dona da casa lhe trazia um bilhete que um garoto acabara de lhe entregar para seu pensionista. Sem assinatura, estava concebido nestes termos:

> Gostaria de falar-lhe, mas preferiria que não fosse em sua casa. Encontre-me ao lado do mastro da bandeira no alto da Colina do Moleiro. Se vier agora, tenho algo que é de seu interesse ouvir e do meu contar.

McMurdo leu e releu o bilhete com a mais viva surpresa, pois não podia adivinhar o que significava nem quem era seu autor. Se fosse redigido por mão de mulher, poderia supor que era o começo de uma das aventuras galantes que vivera no passado. Mas era uma letra masculina, e letra de um homem instruído. Hesitou e depois decidiu esclarecer o assunto.

A Colina do Moleiro é um parque público malcuidado, em pleno centro da cidade. No verão muita gente vai passear ali, mas no inverno é pouco frequentado. Do alto da colina se tem uma boa vista não só da cidade, com suas casas sujas de fuligem, esparsas e irregulares, mas também do vale sinuoso, com suas minas e fábricas espalhadas. McMurdo subiu a alameda que conduzia ao restaurante deserto nesta estação. Ao lado do restaurante havia um mastro, e ao pé do mastro um homem com o chapéu abaixado sobre os olhos e a gola do casaco levantada. Quando ele virou o rosto, McMurdo o reconheceu. Era o irmão Morris, que na noite anterior incorrera na ira do grão-mestre. Trocaram entre si a saudação da Loja.

— Eu queria dizer-lhe duas palavras, sr. McMurdo — começou o velho em tom hesitante, que mostrava que se movia em terreno delicado. — Obrigado por ter vindo.

— Por que não assinou o bilhete?

— Porque ser prudente nunca é demais, amigo. Nunca se sabe, em tempos como estes, as consequências dos menores atos. Nunca se sabe em quem se pode confiar.

— Não se pode confiar nem mesmo nos irmãos da Loja?

— Não, não, nem sempre! — bradou Morris, com veemência. — Tudo o que dizemos, e até o que pensamos, parece chegar aos ouvidos do tal McGinty.

— Ouça-me bem — declarou McMurdo, com firmeza. — Ainda ontem à noite, como bem sabe, jurei fidelidade ao nosso grão-mestre. Está me pedindo que quebre o juramento?

— Se é assim que entende as coisas — murmurou Morris tristemente —, só posso pedir desculpas por tê-lo incomodado. As coisas chegaram a um ponto muito ruim se dois cidadãos livres não podem comunicar seus pensamentos um ao outro.

McMurdo, que observara com grande atenção seu interlocutor, descontraiu-se um pouco.

— Certamente, falo só por mim — explicou. — Cheguei há pouco tempo, como sabe, e para mim tudo é novidade. Não serei eu a abrir a boca, sr. Morris, mas, se acha útil dizer-me alguma coisa, vim aqui para ouvi-lo.

— E para ir dizer a McGinty — acrescentou Morris, amargamente.

— Na verdade, o senhor é injusto comigo — exclamou McMurdo. — Serei leal à Loja, e lhe digo claramente, mas seria um pobre-diabo se fosse repetir a outro o que me disser em confiança. Suas palavras ficarão entre nós, o que não me impede de avisá-lo de que não deve esperar de mim ajuda nem simpatia.

— Há muito tempo renunciei a uma e a outra — replicou Morris. — Ao lhe falar francamente, posso estar pondo minha vida em suas mãos. Mas, por pior que seja, e ontem à noite tive a impressão de que está se empenhando para estar entre os piores do bando, ainda é novo nos métodos daqui e talvez sua consciência não seja tão insensível quanto a deles. Por isso queria falar-lhe.

— O que tem para me dizer?

— Se me denunciar, que uma maldição caia sobre sua cabeça.

— Já lhe disse que não o denunciarei.

— Queria perguntar-lhe se, quando se filiou à Sociedade dos Homens Livres de Chicago e pronunciou votos de caridade e fidelidade, pensou que isso o levaria ao crime.

— Admitindo que seja ao crime — respondeu McMurdo.

— Admitindo! — gritou Morris, com a voz vibrando de paixão. — Você não conhece grande coisa na vida se pode encontrar outro nome para isso. Não foi um crime ontem à noite quando um homem suficientemente idoso para ser seu pai foi espancado até o sangue se espalhar por seus cabelos brancos? Se isso não foi um crime, o que foi então?

— Alguns diriam que é a guerra — disse McMurdo. — A guerra entre duas classes, total, implacável. A guerra em que cada campo bate o mais forte possível.

— Pensou numa guerra semelhante quando solicitou sua admissão na Sociedade dos Homens Livres de Chicago?

— Não. Reconheço que não.

— Nem eu, quando me filiei na Filadélfia. Era uma sociedade beneficente, um lugar de encontro entre amigos. Depois ouvi falar deste lugar. Maldita seja a hora em que seu nome entrou em meu ouvido! Vim para melhorar minha situação. Meu Deus, melhorar minha situação! Minha mulher e meus três filhos me acompanharam. Abri uma loja de tecidos na praça do Mercado e prosperei. Souberam que eu era um Homem Livre e fui obrigado a aderir à Loja local, como você ontem à noite. Tenho esta marca de vergonha no antebraço e algo pior marcado a ferro em brasa no coração. Descobri que estava sob as ordens de um celerado terrível, envolvido com uma rede de criminosos. O que podia fazer? Tudo o que dizia para tentar remediar este estado de coisas era considerado traição; como viu ontem à noite. Não posso fugir, pois tudo o que possuo no mundo está em minha loja. Se deixar a sociedade, minha demissão será o sinal do meu assassinato e Deus sabe de que para minha mulher e meus filhos. Meu caro, é simplesmente horrível!

Morris escondeu o rosto entre as mãos e seu corpo foi sacudido por soluços convulsivos.

McMurdo encolheu os ombros.

— O senhor não é talhado para esse trabalho — disse. — É muito mole.

— Eu tinha uma consciência e uma religião. Eles fizeram de mim um criminoso igual a eles. Fui designado para um serviço. Se recuasse, sabia o que me esperava. Talvez seja um covarde. Talvez seja o pensamento de minha pobre mulherzinha e de meus filhos que me torna mole. De qualquer maneira, fui. Creio que não esquecerei jamais. Era uma casa isolada, a trinta quilômetros daqui, do outro lado da montanha. Mandaram que cuidasse da porta, como você ontem à noite. Não confiavam em mim para outra coisa. Entraram. Quando saíram, tinham as mãos vermelhas de sangue até os pulsos. Fomos embora, mas atrás de nós uma criança gritava. Era um menino de cinco anos que acabara de assistir ao massacre de seu pai. Quase desmaiei de horror, mas devia sorrir e assumir um rosto impassível, pois sabia que, se não o fizesse, seria de minha casa que eles sairiam da próxima vez com as mãos vermelhas, e que seria meu pequeno Fred que gritaria de terror. Eu me tornara um criminoso. Desempenhara uma função num assassinato. Estava perdido neste mundo e também no outro. Sou bom católico. O padre que fui procurar não quis me ouvir quando lhe disse que era um Vingador e fui excomungado de minha religião. É assim que estou agora. Vejo-o descer a mesma ladeira e lhe pergunto como isso terminará. Está pronto para se tornar um assassino de sangue-frio, como os outros, ou podemos fazer alguma coisa para parar com isso?

— O que pretende fazer? — disse McMurdo, bruscamente. — Denunciar?

— Deus me guarde! — exclamou Morris. — Só esse pensamento me custaria a vida.

— Menos mal — disse McMurdo. — Creio que é um fraco e exagera os problemas.

— Exagero! Espere até viver aqui um pouco mais. Olhe o vale. Veja a nuvem de cem chaminés que o encobre. Digo-

-lhe que a nuvem do crime é cem vezes mais pesada e mais espessa em cima dos habitantes. Este é o vale do terror, o vale da morte. O terror oprime todos os corações desde o crepúsculo até a aurora. Espere, jovem, e verá por si mesmo.

— Bem, vou comunicar-lhe o que penso quando tiver visto mais — respondeu McMurdo com indiferença. — O que salta aos olhos é que o senhor não foi feito para viver aqui, e quanto mais cedo liquidar seu negócio, mesmo que consiga apenas um dólar por seu estoque, melhor será para o senhor. O que me disse permanecerá entre nós, mas, com os diabos, se souber que é um delator...

— Não! — bradou Morris, aflito.

— Então fiquemos por aqui. Eu me lembrarei de nossa conversa e um dia talvez voltemos ao assunto. Creio que me falou com boa intenção. Agora vou voltar para casa.

— Ainda uma palavra antes que se vá — disse Morris. — É possível que nos tenham visto juntos e queiram saber sobre o que falamos.

— Ah, o senhor tem razão.

— Eu lhe ofereci um emprego em minha loja.

— E eu o recusei. Foi o assunto que debatemos. Bem, até outro dia, irmão Morris. E lhe desejo melhor sorte no futuro.

À tarde, quando McMurdo meditava fumando ao lado do fogão da sala de estar, a porta se abriu e em seu limiar apareceu a figura gigantesca de McGinty. Ele fez o sinal da Loja, sentou-se em frente do jovem e olhou-o fixamente. Esse olhar lhe foi devolvido com a mesma intensidade.

— Não venho como visita, irmão McMurdo — disse ele, por fim. — Já tenho muito que fazer com as pessoas que me visitam. Mas achei oportuno abrir uma exceção e vir dar um pulo em sua casa.

— Sinto-me orgulhoso de recebê-lo, conselheiro — respondeu calorosamente McMurdo, que foi ao armário buscar uma garrafa de uísque. — É uma honra que não esperava.

— Como vai o braço? — perguntou o grão-mestre.

McMurdo fez uma careta.

— Não consigo esquecê-lo — respondeu. — Mas acho que valeu a pena.

— Sim — aprovou o outro. — Vale a pena para os fiéis, para aqueles que ajudam a Loja. O que esteve falando, esta manhã, com o irmão Morris no alto da Colina do Moleiro?

A pergunta foi feita tão repentinamente que McMurdo ficou satisfeito em já ter a resposta preparada. Explodiu numa sonora gargalhada.

— Morris não sabia que posso ganhar a vida em minha casa. Não saberá nunca, pois acho que tem muitos escrúpulos para meu gosto. Mas é um velho de bom coração. Imaginava que eu não tinha trabalho e pensou prestar-me um serviço oferecendo-me um emprego em sua loja.

— Ah, então foi isso?

— Sim, foi isso.

— E você recusou?

— Evidentemente. Ganho dez vezes mais em meu quarto em quatro horas de trabalho.

— É verdade. Mas, em seu lugar, não veria o irmão Morris com muita frequência.

— Por quê?

— Simplesmente porque lhe digo que não deve fazê-lo. Essa explicação é suficiente para a maior parte das pessoas da região.

— Talvez para a maioria das pessoas da região, mas não para mim — respondeu McMurdo corajosamente. — Se conhece bem os homens, deve sabê-lo.

O gigante de cabelos escuros lançou-lhe um olhar ameaçador e sua pata peluda se fechou ao redor do copo, como se tivesse vontade de atirá-lo na cabeça de McMurdo. Em seguida se pôs a rir.

— Você é realmente um sujeito pouco comum — disse ele. — Se quer uma explicação eu a darei. Morris não lhe disse nada contra a Loja?

— Nada.

— Nem contra mim?

— Não.

— Então foi porque não ousou confiar em você. Mas, no fundo do coração, ele não é leal. Nós o conhecemos bem. Por isso o vigiamos e esperamos o momento para admoestá-lo como merece. Acho que esse momento não está muito longe.

Não há lugar para ovelhas manhosas em nosso redil. Se você frequenta um homem desleal, poderíamos pensar que também é desleal. Não lhe parece?

— Não há nenhuma chance para que eu busque sua companhia, pois ele não me agrada — respondeu McMurdo. — Mas, quanto a ser desleal, se a palavra tivesse sido pronunciada por outro, não seria dita duas vezes.

— Bem, isso é suficiente — disse McGinty, esvaziando o copo. — Vim para lhe dar um conselho, e ele está dado.

— Eu gostaria de saber — disse McMurdo — como minha conversa com Morris chegou aos seus ouvidos.

McGinty sorriu.

— É minha obrigação saber o que acontece na cidade — disse. — Nunca se esqueça de que acabo sabendo tudo. Meu tempo terminou e quero dizer somente...

Mas um incidente ocorreu no momento em que ele se levantava para ir embora. A porta se abriu, com um empurrão violento, e três cabeças determinadas, com bonés da polícia, os fitaram sem amenidade. McMurdo se levantou de um salto. Ia empunhar seu revólver quando viu dois rifles Winchester apontados para ele e abaixou o braço. Um homem de uniforme entrou na sala com um revólver de seis tiros. Era o capitão Marvin, que viera de Chicago e pertencia agora à Polícia do Carvão e do Ferro. Ele abanou a cabeça e dirigiu um pequeno sorriso a McMurdo.

— Eu sabia que ia meter-se em problemas, senhor delinquente McMurdo, de Chicago — disse. — Não pode ficar tranquilo, não é? Pegue o chapéu e venha conosco.

— Creio que esta brincadeira vai lhe custar caro, capitão Marvin — interveio McGinty. — Quem pensa que é, para entrar assim numa casa e molestar homens honestos que respeitam a lei?

— O senhor está fora deste caso, conselheiro McGinty — disse o capitão. — Não temos nada contra o senhor, só contra McMurdo. Deve nos ajudar, e não nos atrapalhar, no cumprimento de nosso dever.

— McMurdo é meu amigo e sou responsável por sua conduta — objetou o grão-mestre.

— Pelo que dizem, sr. McGinty, poderá ter de responder por sua própria conduta um dia destes — retorquiu o oficial de polícia. — Esse McMurdo era um malfeitor antes de vir para cá e continua sendo. Olho nele, sargento, enquanto o desarmo.

— Aqui está o meu revólver — disse McMurdo, friamente. — Se estivéssemos sozinhos frente a frente, capitão Marvin, não me prenderia com tanta facilidade.

— Onde está a ordem de prisão? — perguntou McGinty. — Com os diabos! Parece que estamos na Rússia e não em Vermissa, ao ver policiais agirem deste modo. É um abuso e não passará em branco, garanto-lhe.

— Aja segundo sua concepção do dever, conselheiro. Nós obedecemos à nossa.

— De que sou acusado? — indagou McMurdo.

— De cumplicidade na agressão ao velho Stanger na redação do *Herald*. Não foi culpa sua se foi acusado de agressão e não de homicídio.

— Ora, se é tudo o que tem contra ele — berrou McGinty com uma gargalhada —, podem evitar muitos aborrecimentos soltando-o agora mesmo. Este homem esteve ontem à noite em meu bar, jogando pôquer, e ficou lá até meia-noite. Tenho doze testemunhas que podem prová-lo.

— É um problema seu e acredito que poderá apresentá-lo amanhã no tribunal. Por enquanto, venha conosco, McMurdo. E venha tranquilo, se não quiser receber uma bastonada na cabeça. Não se intrometa, sr. McGinty. Aviso-lhe que não tolero nenhuma resistência quando estou de serviço.

O capitão tinha o ar tão resoluto que McMurdo e o grão-mestre tiveram de ceder. McGinty ainda conseguiu trocar algumas palavras com o prisioneiro antes que se separassem.

— E a sua...?

Ele fez com o polegar um gesto para o alto, onde se encontrava a máquina de fabricar dólares.

— Está em segurança — cochichou McMurdo, que havia providenciado um esconderijo seguro debaixo do soalho.

— Até breve — declarou o grão-mestre, apertando-lhe a mão. — Vou ver Reilly, o advogado, e assumirei as despesas da defesa. Dou-lhe minha palavra de que logo o soltarão.

— Não apostaria nisso — replicou Marvin. — Vigiem o prisioneiro, vocês dois, e atirem nele se tentar escapar. Enquanto isso, vou revistar seu quarto.

Aparentemente, o oficial de polícia não descobriu a máquina. Quando desceu, escoltou McMurdo ao posto policial. A escuridão havia caído e soprava um vento frio. As ruas estavam quase desertas, mas alguns curiosos seguiram o grupo e, encorajados pelas trevas, insultaram o prisioneiro.

— Linchem este maldito Vingador! Linchem-no!

Assistiram com gargalhadas e zombarias à sua entrada no posto policial. Depois de um interrogatório formal do inspetor, ele foi levado à cela comum. Ali encontrou Baldwin e outros três criminosos da noite anterior. Todos tinham sido presos à tarde e esperavam a audiência, que devia ocorrer na manhã seguinte.

Mas a longa mão dos Homens Livres sabia alcançar até o interior da cidadela da lei. À noite, um carcereiro lhes trouxe palha para que dormissem melhor. Da palha tiraram duas garrafas de uísque, alguns copos e um jogo de cartas. Passaram uma noite buliçosa, sem experimentar a menor ansiedade em relação à cerimônia do dia seguinte.

E tinham razão. O magistrado não foi capaz, diante dos testemunhos produzidos, de pronunciar a sentença que levaria o caso a uma jurisdição superior. Por outro lado, os trabalhadores da oficina foram obrigados a convir que a iluminação era ruim, que eles próprios estavam muito perturbados, e que era difícil para eles se pronunciar absolutamente sobre a identidade dos agressores. Certamente, acreditavam que os acusados faziam parte do grupo de assaltantes, mas não podiam jurar. Durante o interrogatório contraditório que foi dirigido pelo eminente advogado contratado por McGinty, mostraram-se ainda mais hesitantes.

O ferido, Stanger, já havia declarado que fora pego de surpresa e não podia certificar nada além do fato de que o primeiro que o golpeara usava um bigode. Acrescentou que só podiam ser Vingadores, pois não tinha outros inimigos na cidade, e estes o vinham ameaçando havia muito tempo por causa de seus editoriais. Por outro lado, foi claramente demonstrado pelo testemunho formal de seis cidadãos, entre os quais o famoso conselheiro municipal McGinty, que os acusados estiveram jogando cartas na sede do sindicato até uma hora bem posterior à da agressão. É inútil dizer que foram soltos, com um pedido de desculpas do tribunal pelos transtornos que sofreram em consequência do abuso de poder do capitão Marvin e da polícia.

O veredicto foi saudado com aplausos ruidosos num recinto onde McMurdo reconheceu muitos rostos familiares. Irmãos da Loja sorriam e batiam palmas. Outros espectadores, porém, permaneceram impassíveis e imóveis quando os acusados saíram livres do tribunal. Um deles, um homenzinho de barbicha negra, expressou seus sentimentos gritando:

— Assassinos malditos! Um dia ainda ajustaremos as contas com vocês.

Capítulo 5

A HORA MAIS SOMBRIA

Se faltava alguma coisa a acrescentar à popularidade de Jack McMurdo entre seus companheiros, bastariam para assegurá-la sua prisão e posterior absolvição. Nos anais da sociedade, era um recorde que um novo membro realizasse na mesma noite de sua filiação um ato que o conduzisse ao tribunal. Ele já tinha a reputação de ser bom companheiro, sempre pronto a fazer festa, e um homem que nunca deixava passar um insulto, nem mesmo do poderoso grão-mestre. Mas desta vez seus camaradas tiveram a certeza de que em seu grupo ele era o único a conceber rapidamente um plano sanguinário e executá-lo imediatamente. "Ele será insubstituível para um serviço benfeito", diziam os mais velhos, esperando o momento oportuno para pô-lo à prova.

McGinty já possuía instrumentos suficientes para executar suas vontades, mas reconhecia que McMurdo era o mais capaz. Tinha a impressão de que segurava um mastim feroz na corrente. Certamente, não faltavam os cães de caça para os serviços menores, mas entrevia o dia em que soltaria o cão de raça atrás de uma presa que valesse a pena. Alguns membros da Loja, entre eles Ted Baldwin, irritavam-se com a ascensão rápida do recém-chegado e o odiavam, mas evitavam reagir na sua frente, pois sua disposição era a mesma para brigar e para rir.

Mas, se ganhava a simpatia dos camaradas, havia um lugar, que lhe importava muito mais, onde havia perdido todo o crédito. O pai de Ettie Shafter não queria mais lhe dirigir a palavra e não o deixava sequer entrar debaixo de seu teto. Ettie estava profundamente apaixonada para renunciar a ele. Entretanto, seu bom-senso a advertia sobre as consequências de um casamento com um homem considerado criminoso.

Certa manhã, depois de uma noite sem sono, resolveu ir vê-lo, talvez pela última vez, e tentar um grande esforço no sentido de afastá-lo das más influências que o estavam levando para o abismo. Dirigiu-se à casa dele, como tantas vezes ele suplicara, e entrou no aposento que ele usava como sala de visitas. McMurdo estava sentado à mesa, de costas e com uma carta à sua frente. A ideia de uma travessura lhe ocorreu, pois tinha apenas dezenove anos. Ele não ouviu quando ela abriu a porta. Ettie caminhou na ponta dos pés e pôs suavemente as mãos em seus ombros.

Se esperava surpreendê-lo, conseguiu-o plenamente, mas também ela foi surpreendida. Com um salto de tigre, ele se virou para ela e a pegou na garganta com a mão direita, e com a outra mão amassou o papel que estava à sua frente. Depois olhou para ela. Então o espanto e a alegria substituíram a ferocidade que deformara seu rosto. Ferocidade diante da qual ela recuara, horrorizada, até a parede.

— É você! — disse ele, enxugando a fronte. — E pensar que veio ver-me, coração, e não encontro nada melhor do que querer estrangulá-la! Venha, querida.

Ele lhe estendeu os braços.

— Vou compensá-la agora.

Mas Ettie ainda estava sob o choque da percepção do medo cheio de culpa que lera em seu rosto. Sua intuição feminina a advertiu de que não se tratava do simples medo de um homem pego de surpresa. Não, era culpa. Culpa e medo.

— O que o surpreendeu tanto, Jack? — indagou. — Por que teve medo de mim? Ah, Jack, se estivesse com a consciência tranquila, não teria olhado para mim daquele jeito.

— É claro! Estava refletindo em outras coisas, quando você se aproximou tão delicadamente com seus pés de fada.

— Não, Jack. Era mais que isso.

Uma suspeita atravessou o espírito dela.

— Deixe-me ver a carta que estava escrevendo.

— Não, Ettie, não posso.

Suas suspeitas se transformaram em certeza.

— É para outra mulher — gritou. — Tenho certeza. Senão, por que não a quer mostrar? Era para sua mulher que escrevia? Como posso saber se já não é casado, você, um forasteiro que ninguém conhece?

— Não sou casado, Ettie. Olhe para mim. Eu juro. Você é para mim a única mulher na terra. Juro pela cruz de Cristo.

Sua paixão tinha um acento tão sincero que a convenceu de que não mentia.

— Então, por que não quer me mostrar a carta?

— Vou dizer-lhe, querida. Fiz o juramento de não mostrá-la e, assim como não gostaria de faltar à palavra com você, devo manter a promessa que fiz a outras pessoas. É um negócio da Loja, um assunto secreto, que não posso revelar nem mesmo a você. E, se me assustei quando pôs a mão no meu ombro, entenda que tive medo de que fosse um policial.

A jovem sentiu que ele dizia a verdade. McMurdo pegou-a nos braços e seus beijos desfizeram temores e dúvidas.

— Sente-se aqui, ao meu lado. É um trono grotesco para uma rainha, mas é o melhor que seu pobre amado pode oferecer-lhe. Um dia, creio, farei muito mais por você. Está mais tranquila agora?

— Como poderia estar, Jack, quando sei que faz parte de um bando de criminosos, quando espero cada dia vê-lo sentado no banco dos réus? McMurdo, o Vingador, foi como um de nossos pensionistas o chamou ontem. Isso atravessou como uma punhalada meu coração.

— Acredite em mim, querida, não sou tão ruim como pensa. Somos apenas pessoas pobres que procuramos à nossa maneira fazer respeitar nossos direitos.

Ettie passou o braço em volta do pescoço do namorado.

— Abandone isso, Jack! Por amor a mim, pelo amor de Deus, desista! Vim aqui para suplicar-lhe. Oh, Jack, peço-lhe de joelhos! Ajoelho-me diante de você e lhe imploro que desista.

Ele a ergueu e tranquilizou entre seus braços.

— Reflita, querida, no que me pede. Como poderia ir embora, quando isso significaria quebrar meu juramento e abandonar meus companheiros? Se soubesse tudo o que se passa, jamais me pediria algo semelhante. Além disso, mesmo que eu quisesse, como poderia fazer? Acha que a Loja permitiria que um de seus membros se retirasse com todos os seus segredos?

— Já pensei nisso, Jack. Previ tudo. Meu pai tem algum dinheiro guardado. Está cansado deste lugar, onde nossa existência é obscurecida pelo terror. Está disposto a partir. Poderíamos fugir juntos para a Filadélfia ou para Nova York. Lá estaríamos em segurança.

McMurdo se pôs a rir.

— A Loja tem o braço comprido. Acha que não poderia estendê-lo até a Filadélfia ou Nova York?

— Bem, neste caso, vamos para o Oeste, ou para a Inglaterra, ou para a Suécia, de onde veio meu pai. Não importa para onde, contanto que saiamos deste vale do terror.

McMurdo pensou no velho irmão Morris.

— É a segunda vez que ouço este nome — observou. — Parece que a sombra é muito pesada para alguns moradores deste vale.

— Ela atormenta cada momento de nossa existência. Você imagina que Ted Baldwin nos perdoou? Se não tivesse medo de você, ele já nos teria aniquilado. Basta-me ver seus olhos negros de animal faminto quando me encontra por acaso.

— Com mil raios! Eu lhe ensinarei melhores maneiras se o encontrar. Mas ouça bem, minha menina. Não posso ir embora daqui. Não posso. Grave isso de uma vez por todas. Mas, se me deixar escolher meu próprio caminho, tentarei encontrar um meio honroso para sair daqui.

— Não há honra neste assunto.

— Tudo depende do ponto de vista em que a gente se coloca. Se me der seis meses, farei o suficiente para ir embora daqui sem ter vergonha de olhar os outros de frente.

— Seis meses! — exclamou a jovem, numa explosão de alegria. — É uma promessa?

— Bem, talvez sejam sete ou oito. Mas antes de um ano, no máximo, deixaremos o vale.

Ettie não conseguiu obter nada mais preciso, mas já era alguma coisa. Uma espécie de farol distante que iluminaria as trevas do futuro imediato. Ela voltou para a casa do pai mais alegre do que já estivera desde que Jack McMurdo entrara em sua vida.

Ele podia pensar que, como membro da sociedade, conheceria todas as suas atividades. Mas não tardou a descobrir que a organização era muito mais extensa e mais complexa que a simples Loja. O próprio McGinty ignorava muitas coisas, pois havia um dignitário, o chamado delegado do distrito, que morava em Hobson's Patch, mais abaixo na linha férrea, e tinha todo o poder sobre várias lojas que dirigia de modo arbitrário e violento. McMurdo só o viu uma vez. Tinha a aparência de um pequeno rato astuto de pelos cinzentos. Caminhava de maneira furtiva e seu olhar oblíquo estava carregado de malícia. Chamava-se Evans Pott. Diante dele, o grande chefe de Vermissa sentia um pouco da repulsão e do medo que Robespierre devia inspirar a Danton.

Certo dia Scanlan, o companheiro de pensão de McMurdo, recebeu um bilhete de McGinty que acompanhava uma carta de Evans Pott. O "grande chefe" informava McGinty que estava enviando dois homens, Lawler e Andrews, munidos de instruções para agir nas redondezas. Dizia-lhe também que era preferível para a causa não divulgar detalhes sobre o objetivo da missão. Pedia ao grão-mestre que os dois executores fossem hospedados e bem tratados até a hora da ação. McGinty acrescentava de próprio punho que ninguém podia ficar hospedado clandestinamente na sede do sindicato e que ficaria grato a Scanlan e McMurdo se acolhessem por alguns dias os dois forasteiros na pensão da viúva MacNamara.

Eles chegaram naquela mesma noite, cada qual com sua mochila. Lawler tinha certa idade e o rosto austero. Era taciturno e reservado. Vestia um velho casaco preto, que, com o chapéu de feltro e a barba grisalha hirsuta, dava-lhe o ar de um pregador itinerante. Seu companheiro, Andrews, não era mais que um menino: tinha o rosto franco e alegre, e parecia um estudante de férias. Ambos só bebiam água e se conduziram em todos os pontos como membros exemplares da sociedade. Tanto um como outro eram assassinos, em mais de uma ocasião instrumentos muito eficazes da associação criminosa a que pertenciam. Lawler realizara catorze missões daquele gênero, e Andrews, três.

Estavam, como McMurdo logo descobriu, dispostos a explicar suas façanhas do passado, que contavam com o orgulho meio tímido de homens que prestaram um serviço generoso e desinteressado à comunidade. Contudo, mostraram-se reticentes sobre o trabalho que iam executar.

— Fomos escolhidos porque nem eu nem o pequeno bebemos álcool — explicou Lawler. — Sabem que nunca diremos mais do que devemos. Não nos levem a mal, mas são as ordens que recebemos do delegado do distrito.

— É verdade, mas estamos todos no mesmo barco — observou Scanlan, o amigo de McMurdo, quando os quatro se encontravam juntos para cear.

— Se quiserem, podemos contar-lhes a história da morte de Charlie Williams ou de Simon Bird, ou qualquer outro trabalho do passado. Mas não falaremos nada enquanto não fizermos nosso serviço.

— Há nas redondezas meia dúzia de indivíduos a quem eu gostaria de dizer duas palavras — declarou McMurdo com um insulto. — Não é por acaso Jack Knox, de Ironhill, o seu alvo? Eu iria até o fim do mundo para vê-lo receber o que merece.

— Não. Ainda não é ele.

— Ou Herman Strauss?

— Também não é ele.

— Bem, se não querem dizer nada, não podemos forçá-los a falar. Mas eu gostaria de saber.

Lawler sorriu e sacudiu a cabeça. Nada podia induzi-lo a falar.

Apesar da reticência dos hóspedes, Scanlan e McMurdo estavam decididos a assistir ao que chamavam de "diversão". Numa manhã bem cedo McMurdo os ouviu descer a escada em silêncio. Acordou Scanlan e ambos se vestiram rapidamente. Quando estavam prontos, perceberam que os companheiros haviam desaparecido, deixando a porta aberta. Ainda não havia amanhecido, mas à luz dos lampiões os avistaram na rua a alguma distância à sua frente. Puseram-se a segui-los cautelosamente. A neve abafava o ruído de seus passos.

A pensão estava situada na periferia da cidade. Eles logo chegaram a uma encruzilhada na zona rural. Três homens estavam à espera. Lawler e Andrews conversaram por alguns instantes com eles e depois todos se puseram a caminho. Tratava-se, portanto, de um trabalho no qual era importante o número de participantes. Desse lugar partiam vários caminhos que conduziam a diversas minas. Os forasteiros tomaram o que levava à Colina Crow, enorme complexo dirigido pelas mãos enérgicas e ativas de um gerente da Nova Inglaterra, Josiah H. Dunn, que ali mantivera a ordem e a disciplina apesar do terror que reinava no vale.

O dia estava despontando. Uma fila de trabalhadores, isolados ou em grupo, caminhava lentamente na estrada encardida. McMurdo e Scanlan se misturaram a eles, sem perder de vista os homens que estavam seguindo. Uma névoa espessa os cercava. O apito de uma máquina a vapor rasgou o ar. Era o sinal dado dez minutos antes da descida das gaiolas e do início do dia de trabalho.

Quando alcançaram o espaço a descoberto diante do poço da mina, cem mineiros esperavam batendo os pés e soprando os dedos, pois fazia um frio intenso. Os forasteiros formaram um pequeno grupo junto à casa das máquinas. Scanlan e McMurdo subiram num monte de detritos, de onde podiam ver toda a cena. Reconheceram o engenheiro de minas, um escocês alto e barbudo chamado Menzies, que saía da casa das máquinas e soava o apito para a descida das gaiolas. No mesmo momento, um jovem alto e desengonçado, de rosto sério, aproximou-se do poço. Ele notou o grupo imóvel e silencioso que se encontrava perto da casa das máquinas. Os homens haviam baixado os chapéus e erguido as golas para esconder o rosto. Por alguns instantes, o pressentimento da morte gelou o coração do gerente. Mas logo se recuperou e só pensou em cumprir seu dever em relação aos intrusos suspeitos.

— Quem são vocês? — perguntou, dirigindo-se a eles. — Por que estão vadiando por aqui?

Não houve resposta. O pequeno Andrews simplesmente deu um passo para a frente e acertou uma bala em seu estômago. Os cem mineiros que esperavam não se mexeram, como se fossem vítimas de paralisia. O gerente da mina levou as mãos ao ferimento e se dobrou em dois. Tentou afastar-se cambaleando, mas outro assassino atirou e ele caiu de lado, contorcendo-se e arranhando o chão com as mãos. Menzies, o escocês, soltou um urro de raiva e se atirou com uma barra de ferro sobre os agressores, mas recebeu duas balas na cabeça e caiu morto a seus pés.

Os mineiros foram então sacudidos por uma espécie de onda e emitiram um fraco grito de cólera e de piedade. Operários se atiraram em direção aos assassinos. Mas dois revólveres de seis balas foram descarregados acima de suas cabeças. Eles pararam, depois recuaram e começaram a se espalhar. Alguns até correram para suas casas. Quando os mais corajosos se reuniram e se precipitaram para a casa das máquinas, os forasteiros já haviam desaparecido na névoa da manhã. Não havia uma só testemunha que pudesse identificar os homens que, diante de cem espectadores, haviam cometido esse duplo crime.

Scanlan e McMurdo voltaram para a pensão. Scanlan estava muito deprimido, pois era o primeiro crime que havia visto, e achou a "diversão" menos interessante do que esperava. Os gritos horríveis da viúva do gerente os perseguiram enquanto se apressavam para a cidade. McMurdo estava absorto e calado, mas a fraqueza do companheiro não despertou nele nenhum eco.

— Meu caro, é como uma guerra — repetia. — É como uma guerra entre eles e nós, e devolvemos os golpes do melhor modo que podemos.

Houve uma grande festa na Loja naquela noite. Não só para comemorar o assassinato do gerente e engenheiro da mina da Colina Crow, assassinato que colocaria essa empresa entre aquelas que se submetiam às chantagens e ao terror. Mas também por um sucesso conquistado ao longe por agentes da própria Loja. Quando o delegado do distrito enviara cinco homens a Vermissa, pedira em troca que três homens de Vermissa fossem escolhidos secretamente para dar um fim a William Hales, de Stake Royal, um dos proprietários de minas mais conhecidos e mais populares do distrito de Gilmerton, homem que se acreditava não ter um só inimigo, pois era considerado um empregador modelo. Tinha, no entanto, a mania da plena eficiência no trabalho e despedira alguns bêbados ou indolentes que eram membros da poderosa organização. Caixões expedidos para seu endereço não modificaram sua resolução. Por isso, num país de liberdade e civilização, ele se viu condenado à morte.

A execução acabava de ocorrer. Ted Baldwin, que se pavoneava na cadeira de honra à direita do grão-mestre, havia comandado a expedição. Seu rosto congestionado e seus olhos vítreos e injetados de sangue revelavam uma noite em claro e muitas libações. Ele e dois cúmplices haviam passado vinte e quatro horas nas montanhas. Tinham as roupas sujas e estavam encharcados. Mas nenhum herói, no retorno de uma aventura sem esperança, recebera uma acolhida tão calorosa da parte de seus camaradas. Tiveram de contar sua história cem vezes, em meio a gritos de alegria e gargalhadas. Esperaram a vítima quando voltava à noite para casa. Puseram-se à espreita no alto de uma colina escarpada, num lugar onde seu cavalo seria obrigado a andar a passo. O homem estava tão agasalhado para se proteger do frio que não pôde sacar seu revólver. Derrubaram-no do cavalo e descarregaram nele suas armas.

Nenhum deles conhecia aquele homem. Mas, num assassinato, o elemento dramático raramente falta, e eles mostraram aos Vingadores de Gilmerton que os de Vermissa não ficavam atrás. Houve, porém, um contratempo: um homem e sua mulher passaram a cavalo enquanto eles esvaziavam seus revólveres no corpo inanimado. Alguém sugeriu que eles também fossem mortos, mas eram pessoas inofensivas que não tinham nada a ver com as minas. Assim, deram recomendações severas para irem adiante e ficarem calados, se não quisessem que lhes acontecesse algo pior. O cadáver coberto de sangue foi abandonado na neve como aviso a todos os patrões de coração duro, e os três nobres vingadores tomaram o caminho de volta.

Foi um grande dia para os Vingadores. A sombra descera ainda mais escura sobre o vale. Mas, assim como o general sábio escolhe o momento da vitória para redobrar os esforços a fim de que o inimigo não tenha tempo para se recuperar depois da derrota, do mesmo modo McGinty concebera uma nova ofensiva contra seus adversários. Naquela noite, enquanto a sociedade meio embriagada se separava, ele pegou McMurdo pelo braço e o levou à pequena sala em que tiveram sua primeira conversa.

— Ouça, rapaz — disse-lhe. — Tenho finalmente um trabalho digno de você. A responsabilidade pela sua execução será inteiramente sua.

— Estou orgulhoso com sua escolha — respondeu McMurdo.

— Poderá levar dois homens com você, Manders e Reilly. Eles já foram informados sobre este serviço. Nunca estaremos tranquilos neste distrito enquanto o caso de Chester Wilcox não for resolvido. Terá as bênçãos de todas as lojas nos campos de carvão se conseguir abatê-lo.

— Farei o melhor que puder. Quem é ele? E onde posso encontrá-lo?

McGinty tirou o eterno charuto, meio mastigado, meio fumado, do canto da boca antes de rasgar de sua caderneta de anotações uma página na qual estava desenhado um plano rudimentar.

— É o capataz principal da Companhia Iron Dyke. É um cidadão inflexível e velho sargento da guerra, cheio de cicatrizes e cabelos grisalhos. Já tentamos abatê-lo duas vezes, mas não tivemos sorte, e Jim Carnaway perdeu a vida numa das tentativas. Agora cabe a você assumir o serviço. Esta é a casa, isolada nas encruzilhadas de Iron Dyke, como vê no mapa. Não há outra habitação à vista. Não será fácil. Ele anda armado e atira rápido e certeiro, sem fazer perguntas. Mas à noite... bem, à noite está ali com a mulher, três filhos e uma empregada. Você não tem escolha. É tudo ou nada. Se puder colocar um pacote com explosivos em frente de sua porta com um pavio...

— O que este homem fez?

— Eu lhe disse que matou Jim Carnaway.

— E por que o matou?

— Que interesse isso tem para você? Carnaway andava em volta de sua casa à noite e ele o matou. Isso basta para mim e para você. Devemos pagar-lhe na mesma moeda.

— Há as duas mulheres e as três crianças. Precisam ser mortas também?

— Claro que sim. De que outra forma podemos apanhá-lo?

— Parece muito cruel para elas, pois não fizeram nada de mal.

— Que conversa estúpida é essa? Está querendo tirar o corpo fora?

— Calma, conselheiro. O que disse ou fiz para fazê-lo pensar que me recusaria a obedecer a uma ordem do grão--mestre da minha Loja? Boa ou má, cabe ao senhor decidir.

— Então a executará?

— Certamente.

— Quando?

— Bem, dê-me uma noite ou duas para observar a casa e preparar meu plano. Depois...

— Muito bem — declarou McGinty, apertando-lhe a mão. — Conto com você. Será um grande dia quando nos trouxer a notícia. Será o golpe final que os porá a todos de joelhos diante de nós.

McMurdo refletiu longa e profundamente sobre a missão que acabava de lhe ser confiada inesperadamente. A casa isolada onde Chester Wilcox morava estava situada a oito quilômetros num vale dos arredores. Na mesma noite partiu sozinho para preparar o atentado. Já era dia claro quando voltou da viagem de reconhecimento. No dia seguinte conversou com seus dois subordinados, Manders e Reilly, jovens sem piedade, que se mostraram tão encantados como se fossem caçar javali.

Duas noites mais tarde se reuniram fora dos limites da cidade. Estavam armados os três. Um deles carregava um saco cheio de pólvora usada nas pedreiras. Eram duas horas da manhã quando chegaram em frente da casa. A noite era de vento forte e as nuvens deslizavam rapidamente debaixo de uma lua em quarto crescente. Haviam sido prevenidos para tomarem cuidado com eventuais cães de guarda. Por isso avançaram prudentemente, com os revólveres engatilhados na mão. Mas não se ouvia outro rumor a não ser o gemido do vento e o sussurro dos ramos. McMurdo colou o ouvido na porta. Não havia nenhum movimento no interior. Então encostou o saco de pólvora, furou-o com uma faca e atou-lhe o pavio. Depois de acendê-lo, ele e os dois colegas fugiram velozmente. Mal haviam chegado a certa distância e acabavam de se deitar numa vala, a explosão ressoou: um estrondo surdo precedeu o desabamento da casa. O trabalho estava realizado. Nunca um sucesso mais brilhante havia sido registrado nos anais sangrentos da sociedade.

Entretanto, a minúcia dos preparativos, a sutileza da concepção e a ousadia na execução se revelaram inúteis. Advertido pela sorte de muitas vítimas e sabendo que ele mesmo estava marcado para morrer, Chester Wilcox se mudara no dia anterior e levara sua família para um lugar mais seguro e menos conhecido, guardado pela polícia. A explosão destroçara uma casa vazia, e o velho sargento continuava a inculcar a disciplina aos mineiros de Iron Dyke.

— Deixem-no comigo — declarou McMurdo. — Eu me encarrego dele. Juro que o apanharei, ainda que tenha de esperar um ano.

Uma moção de agradecimento e confiança foi votada pela Loja por unanimidade e o caso foi deixado em suspenso. Quando, algumas semanas mais tarde, os jornais anunciaram que Wilcox fora morto numa emboscada, todos compreenderam que McMurdo concluíra o trabalho que havia iniciado.

Esses eram os métodos da Sociedade dos Homens Livres e esses eram os atos dos Vingadores. Assim governavam pelo medo o grande e rico distrito, que foi por tão longo período atemorizado por sua presença terrível. Mas por que manchar estas páginas com outros crimes? Já não foi dito o suficiente para descrever estes homens e seus métodos?

Suas manobras fazem parte da história e estão registradas em mais de um livro. Ali é possível saber, por exemplo, como foram mortos os policiais Hunt e Evans, porque ousaram prender dois membros da sociedade. Esse duplo assassinato foi preparado na Loja de Vermissa e executado a sangue-frio contra dois homens desarmados. Também é possível ler o relato dos últimos instantes da sra. Larbey, assassinada quando cuidava de seu marido, que havia sido espancado quase até a morte por ordem de McGinty. O assassinato do velho Jenkins, seguido pelo de seu irmão, a mutilação de James Murdoch, o extermínio da família Staphouse e o massacre dos Stendal se sucederam no curso desse inverno terrível.

A sombra, cada vez mais escura, cobria o vale do terror. A primavera surgiu por fim, com seu cortejo de arroios em cascata e árvores em flor. Toda a natureza, submetida durante longos meses a um jugo de ferro, falava de esperança. Mas não havia a menor esperança para os homens e as mulheres que viviam sob a opressão do terror. Nunca a nuvem fora tão negra e ameaçadora sobre a cabeça deles como no início do verão de 1875.

Capítulo 6

Perigo

O reino do terror estava no apogeu. McMurdo, que já havia sido nomeado subchefe e tinha todas as probabilidades de suceder McGinty um dia como grão-mestre, tornara-se tão indispensável nas reuniões de seus camaradas que nada era organizado sem sua presença e sua opinião. Mas, quanto mais sua popularidade crescia entre os Homens Livres, mais significativos eram os olhares que enfrentava nas ruas de Vermissa. Apesar do pavor, os habitantes se esforçavam agora para se unir contra seus opressores. A Loja soubera que reuniões secretas se realizavam na redação do *Herald* e que armas de fogo estavam sendo distribuídas aos defensores da lei. Mas McGinty e seus homens não perdiam o sono com esses boatos. Eram muitos, determinados, e estavam bem armados. Seus adversários estavam dispersos e não tinham influência. Todos os seus esforços terminariam, como no passado, num palavreado sem efeito. Era pelo menos a opinião de McGinty, de McMurdo e de todos os espíritos mais ousados.

Era uma noite de sábado, no mês de maio. A Loja se reunia sempre nas noites de sábado, e McMurdo saía de casa para assistir à assembleia, quando Morris, o homem fraco da Ordem, veio procurá-lo. Tinha a fronte preocupada e os olhos desvairados.

— Posso falar-lhe com toda a liberdade, sr. McMurdo? — perguntou.

— Claro.

— Não me esqueço de que lhe abri o coração um dia e que não disse nada, mesmo ao grão-mestre, que veio interrogá-lo sobre nossa conversa.

— E como podia comportar-me de outro modo, quando confiou em mim? Mas o meu silêncio não significava aprovação.

— Sei muito bem. Mas você é o único a quem posso dirigir-me com toda a segurança. Tenho um segredo aqui dentro.

Ele pôs a mão no peito.

— Um segredo que me atormenta o coração. Gostaria que caísse nas mãos de qualquer outra pessoa, não nas minhas. Se eu o revelar, um assassinato ocorrerá, estou certo. Se não o revelar, pode ser o fim de todos nós. Que Deus me ajude! Não aguento mais.

McMurdo olhou seu interlocutor atentamente. Morris tremia como vara verde. Derramou um pouco de uísque num copo e o estendeu a ele.

— Este é o remédio para gente como o senhor — disse. — Agora me diga o que o preocupa.

Morris esvaziou o copo e a cor voltou a sua face.

— Posso dizer-lhe numa frase: há um detetive em nossa pista.

McMurdo o contemplou com espanto.

— Ficou louco, meu velho! — exclamou. — Vermissa não está cheia de policiais e detetives? E que mal nos fizeram até agora?

— Não, não. Não se trata de um homem do distrito. Como você disse, nós os conhecemos e eles não podem fazer grande coisa. Mas já ouviu falar dos homens da Pinkerton?

— Este nome me diz alguma coisa.

— Bem, pode acreditar em mim: quando estão em sua pista, não o largam mais. Não são funcionários do governo. É uma organização que quer resultados e faz de tudo para obtê-los. Se um homem da Pinkerton estiver atrás de nós, seremos todos aniquilados.

— É preciso eliminá-lo.

— Ah, é a primeira ideia que lhe ocorre. Acontecerá o

mesmo com a Loja. Não tinha razão quando lhe disse que isso acabaria num assassinato?

— Por certo, isso acabará num assassinato. Não é uma conclusão trivial por aqui?

— Sem dúvida. Mas não serei eu que apontarei o homem a ser liquidado. Nunca teria a consciência tranquila. Entretanto, é a nossa cabeça que está em jogo. Em nome do Céu, o que devo fazer?

Ele percorria o aposento a passos largos, vítima da maior indecisão. Mas suas palavras haviam afetado McMurdo profundamente. Bastava vê-lo para compreender que compartilhava a opinião de Morris quanto ao perigo e à necessidade de enfrentá-lo. Agarrou o ombro do companheiro e o sacudiu violentamente.

— Ouça-me bem! — gritou-lhe. — O senhor não conseguirá nada se ficar se lamentando como uma velha. Vamos aos fatos. Quem é o fulano? Onde está? Como soube de sua existência? Por que veio encontrar-se comigo?

— Vim encontrá-lo porque é o único homem que pode me dar um conselho. Eu lhe disse que, antes de me estabelecer aqui, tinha uma loja no Leste. Lá deixei bons amigos e um deles trabalha no serviço telegráfico. Recebi ontem uma carta dele. Veja este trecho, no alto da página. Pode lê-lo você mesmo.

E McMurdo leu:

> Como os Vingadores se comportam em sua região? Lemos nos jornais muitas coisas sobre eles. Cá entre nós, espero ter notícias suas em pouco tempo. Cinco grandes corporações e duas companhias ferroviárias tomaram medidas sérias. É intenção delas ir a fundo. E pode apostar que serão bem-sucedidas. A Pinkerton foi contratada e enviou ao local Birdy Edwards, seu melhor agente. A expectativa é de que o assunto seja resolvido de um momento para outro.

— Agora leia o pós-escrito.

Naturalmente, soube destas informações em meu serviço e peço que não as espalhe. Eles usam um código estranho com o qual trabalhamos durante dias sem entender nada.

McMurdo permaneceu em silêncio por alguns instantes, com a carta na mão. A neblina acabava de se dissipar e um abismo enorme se abria a sua frente.

— Alguém mais está sabendo? — perguntou.

— Não falei a mais ninguém.

— Este seu amigo não conhece alguém a quem poderia ter escrito a mesma coisa?

— Acho que deve conhecer dois ou três moradores daqui.

— Membros da Loja?

— Provavelmente.

— Perguntei-lhe porque pode ter dado a eles uma descrição desse Birdy Edwards. Teríamos então condições de desmascará-lo.

— É possível. Mas não acho que o conheça. Somente me transmitiu informações que colheu em seu trabalho. Como poderia conhecer pessoalmente esse homem da Pinkerton?

McMurdo teve um sobressalto violento.

— Com os diabos! — gritou. — Sei quem é. Que imbecil fui em não adivinhar antes. Estamos com sorte. Daremos um jeito nele antes que possa prejudicar-nos. Ouça, Morris, quer deixar esse assunto por minha conta?

— Certamente, contanto que me livre de qualquer responsabilidade.

— Cuidarei disso. Pode ficar tranquilo e me deixe agir. Seu nome não será sequer mencionado. Assumirei tudo como se a carta tivesse sido endereçada a mim. Está bem assim?

— Não peço nada mais que isso.

— Então confie em mim e fique de bico calado. Agora vou à Loja e daremos logo a esse agente da Pinkerton uma oportunidade para se lamentar.

— Vai matar o detetive?

— Quanto menos souber, amigo Morris, quanto mais tranquila estiver sua consciência, melhor será seu sono. Não me faça perguntas. O caso está agora em minhas mãos.

Morris abanou a cabeça tristemente.

— Sinto que seu sangue manchará minhas mãos — gemeu.

— A legítima defesa não é crime — respondeu McMurdo com um sorriso sinistro. — Ou ele ou nós. Imagino que este homem nos aniquilará a todos se o deixarmos andar por muito tempo pelo vale. Bem, irmão Morris, certamente será eleito grão-mestre, pois salvou a Loja.

Mas seu modo de agir indicara claramente que ele levava a ameaça mais a sério que suas palavras deixavam crer. Talvez fosse sua consciência pesada, talvez a fama da organização da Pinkerton, talvez a notícia de que grandes e poderosas sociedades assumiram a tarefa de acabar com os Vingadores. Qualquer que fosse o motivo, agia como alguém que se preparava para o pior. Antes de deixar a pensão, destruiu todos os papéis que podiam incriminá-lo. Depois soltou um longo suspiro de satisfação, pois agora lhe parecia que se encontrava em segurança. Mesmo assim ainda devia temer algum perigo, pois parou em frente da pensão do velho Shafter. Não podia mais entrar na casa, mas, quando bateu à janela, Ettie saiu. Toda a alegria despreocupada irlandesa havia desaparecido dos olhos do seu namorado. Na gravidade de seu rosto ela leu a proximidade de um perigo.

— Aconteceu alguma coisa! — exclamou. — Oh, Jack, você está em perigo!

— O perigo ainda não é tão terrível assim, querida. Mas talvez seja bom partir antes que ele fique pior.

— Partir!

— Prometi-lhe um dia que partiria. Acho que chegou a hora. Tive notícias esta noite, más notícias, e sinto cheiro de perigo.

— A polícia?

— Um agente da Pinkerton. Mas naturalmente você não sabe o que é, meu amor. Estou envolvido neste caso até o pescoço e pode acontecer que tenha de ir embora a toda pressa. Você me disse que me acompanharia se eu partisse.

— Oh, Jack, seria a sua salvação.

— Sou honesto em certos casos, Ettie. Não tocarei em um só fio de seus cabelos por tudo o que o mundo possa me oferecer, nem a baixarei uma só polegada do trono dourado em cima das nuvens em que sempre a vejo. Confia em mim?

Sem dizer uma palavra ela pôs sua mão na dele.

— Bem. Então preste atenção no que vou lhe dizer e faça exatamente o que vou lhe mandar, pois não temos alternativa. Os acontecimentos vão se precipitar neste vale. Sinto isso em meus ossos. Muitos de nós teremos de ficar alerta. Sou um deles, de qualquer maneira. Se eu partir, de dia ou de noite, você deverá ir comigo.

— Eu irei depois, Jack.

— Não, irá comigo. Se eu não puder mais voltar a este vale, como poderei deixá-la atrás de mim? Eu talvez tenha de me esconder da polícia, sem poder enviar-lhe uma mensagem. Deve partir comigo. Conheço uma boa mulher no lugar de onde venho. É na casa dela que a deixarei até nos casarmos. Você irá?

— Sim, Jack. Eu irei.

— Que Deus a abençoe pela confiança que tem em mim. Serei um demônio do inferno se abusar dela. Agora atenção, Ettie. Eu lhe mandarei uma palavra, uma só palavra, e quando a receber deixe tudo e vá direto à estação, e fique na sala de espera até eu chegar.

— De dia ou de noite, partirei quando receber sua palavra, Jack.

Com o espírito mais tranquilo porque os preparativos para a fuga estavam encaminhados, McMurdo se dirigiu à Loja. A assembleia já estava aberta, e foi só com senhas e contrassenhas complicadas que conseguiu passar pela guarda à porta. Foi acolhido no interior com murmúrios de satisfação e boas-vindas. A grande sala estava lotada e, através da fumaça do tabaco, conseguiu avistar a cabeleira negra do grão-mestre, a figura cruel e pouco amável de Baldwin, o perfil de abutre de Harraway, o secretário, assim como uma dúzia de chefes da Loja. Ficou alegre com o pensamento de que todos deliberariam sobre a notícia que trazia.

— Estamos contentes em vê-lo, irmão — disse o presidente. — Estamos tratando de um assunto para o qual precisamos de um Salomão.

— Trata-se de Lander e Egan — explicou-lhe seu vizinho, quando ele se sentou. — Ambos reclamam a recompensa em dinheiro que a Loja oferece pela morte do velho Crabbe em Stylestown. Quem dirá qual dos dois atirou primeiro?

McMurdo se levantou e ergueu o braço. A expressão inabitual de seu rosto atraiu o interesse da assistência. O silêncio se estabeleceu como por milagre.

— Venerável mestre — declarou ele com voz solene —, peço urgência.

— O irmão McMurdo pede urgência — repetiu McGinty. — É um direito que, segundo nossos regulamentos, se exerce com prioridade. Pode falar, irmão, a palavra é sua.

McMurdo tirou a carta do bolso.

— Venerável mestre e caros irmãos — disse ele —, hoje sou portador de más notícias. Mas é melhor que tomem conhecimento delas e as discutam antes que caia sobre nós um golpe imprevisto que nos destruiria a todos. Recebi uma informação que lhes comunico imediatamente: as mais poderosas e ricas organizações deste Estado se associaram para nos destruir. Neste momento mesmo, um detetive da Pinkerton, um tal de Birdy Edwards, trabalha no vale para colher depoimentos que poderão passar uma corda no pescoço de muitos de nós e enviar todos os que estão aqui a uma cela de prisão. Esta é a situação a propósito da qual pedi um debate de urgência.

Um silêncio mortal acolheu essa declaração. Foi rompido pela voz do presidente.

— Que prova nos traz, irmão McMurdo? — perguntou ele.

— Está nesta carta que veio parar em minhas mãos — respondeu McMurdo.

Ele leu em voz alta a passagem importante.

— Por uma questão de honra não posso lhes dar informações mais detalhadas sobre esta carta, nem fazê-la circular entre vocês. Mas lhes asseguro que não contém nada mais que afete os interesses da Loja. Exponho-lhes o caso como chegou a mim.

— Permita-me dizer, senhor presidente — interveio um irmão idoso —, que já ouvi falar de Birdy Edwards. Ele tem a fama de ser o melhor homem da organização Pinkerton.

— Alguém o conhece de vista? — perguntou McGinty.

— Sim — respondeu McMurdo. — Eu.

Um murmúrio de espanto percorreu a sala.

— Parece-me que o temos na palma da mão — prosseguiu McMurdo, com um sorriso de triunfo. — Se agirmos rápido e com perspicácia, poderemos nos sair bem. Se confiarem em mim e me apoiarem, não temos grande coisa a temer.

— E o que teríamos a temer? O que ele conhece de nossas ações?

— Poderia falar assim, conselheiro, se todos fossem tão leais quanto o senhor. Mas este homem tem o apoio de milhões de capitalistas. Acha que não existe um irmão mais fraco, em todas as nossas lojas, que se deixe comprar? O detetive acabará conhecendo nossos segredos, se já não os conhece. Só há um remédio para isso.

— Não deixar que saia do vale — articulou Baldwin, lentamente.

McMurdo aprovou.

— Muito bem, irmão Baldwin — respondeu. — Estivemos separados por algumas diferenças, mas esta noite disse as palavras certas.

— Onde ele está, então? Como poderemos reconhecê-lo?

— Venerável mestre — declarou McMurdo com voz séria —, gostaria de dizer que este é um assunto vital para ser discutido por toda a Loja. Não quero alimentar a menor dúvida sobre nenhum dos presentes, mas, se um comentário chegar aos ouvidos deste homem, não teríamos mais nenhuma chance de apanhá-lo. Eu pediria à Loja que elegesse uma comissão de confiança, senhor presidente. O senhor mesmo, se posso me permitir uma sugestão, o irmão Baldwin e cinco outros irmãos. Então eu poderia falar abertamente sobre o que sei e sobre as medidas que aconselharia a tomar.

A proposta foi aceita de imediato e a comissão, designada. Além de McGinty e Baldwin, faziam parte dela Harraway, o secretário com perfil de abutre, o tesoureiro Carter, Tigre

Cormac e os irmãos Willaby, assassinos irrecuperáveis e dispostos a tudo.

A pequena festa semanal da Loja terminou logo e em melancolia, pois uma ameaça preocupava a todos os espíritos, e eram muitos os que viam pela primeira vez a sombra vingadora da lei aparecer no céu sereno debaixo do qual viviam por tanto tempo. Os horrores que impunham aos outros haviam entrado tanto em seus costumes que a perspectiva de uma punição lhes parecia absurda. Separaram-se cedo e deixaram seus chefes realizarem o conselho.

— Pode falar, McMurdo — disse McGinty, quando ficaram sozinhos.

Os sete membros da comissão permaneciam imóveis em suas cadeiras.

— Eu disse há pouco que conheço Birdy Edwards — explicou McMurdo. — Não preciso dizer-lhes que não está aqui com esse nome. Ele é corajoso, tenho certeza, mas não é louco. Adotou o nome de Steve Wilson e está hospedado em Hobson's Patch.

— Como sabe disso?

— Porque falei com ele por acaso. Não pensei na Pinkerton na época e nunca me lembraria de sua existência se não tivesse recebido esta carta. Mas hoje tenho certeza de que é o nosso homem. Encontrei-o no trem quando desci na última quarta-feira para Hobson's Patch. Serviço difícil, aquele. Disse-me que era jornalista. Acreditei. Ele queria saber tudo sobre os Vingadores e sobre o que chamou de "suas atrocidades", a fim de escrever uma reportagem para o *New York Press*. Fez-me todo tipo de perguntas supostamente para ter alguma coisa para enviar ao seu jornal. Respondi a todas com muito cuidado, como podem adivinhar. "Eu pagarei, e pagarei caro, para obter detalhes que agradem ao meu editor", disse-me ele. Contei-lhe o que achei que lhe conviria e ele me deu uma nota de vinte dólares por minhas informações. "Haverá dez vezes mais, acrescentou, se puder descobrir tudo o que preciso saber."

— E o que lhe contou?

— Tudo o que me passou pela cabeça.

— Como sabe que não era jornalista?

— Vou dizer-lhes. Ele desceu em Hobson's Patch e eu também. Por acaso entrei na agência do correio quando ele saía. "Espere um pouco", disse-me o operador do telégrafo. "Parece-me que deveríamos cobrar o dobro por telegramas como este."

Acho que deveria fazê-lo, respondi-lhe.

"Ele preencheu o formulário com uma linguagem que bem poderia ser chinês. O operador me confidenciou que ele escreve uma grande folha todos os dias, sempre incompreensível. Expliquei-lhe que eram sem dúvida notícias especiais para o seu jornal e que ele temia ser copiado por outros. Pensei isso naquele momento, mas agora penso diferente."

— Creio que tem razão — disse McGinty. — Mas, em sua opinião, o que devemos fazer?

— Por que não vamos a Hobson's Patch e damos um jeito nele? — sugeriu alguém.

— Quanto mais cedo fizermos isso, melhor.

— Eu partiria neste instante se soubesse onde encontrá-lo — respondeu McMurdo. — Sei que está em Hobson's Patch, mas não sei em que casa. Tenho um plano pronto, contudo, e se quiserem que o apresente...

— Qual?

— Vou amanhã cedo a Hobson's Patch. Eu o descobrirei com a ajuda do operador do telégrafo. Suponho que ele possa localizá-lo. Depois direi a ele que eu mesmo sou um homem livre e lhe oferecerei os segredos da Loja por um bom preço. Podem apostar que ele morderá a isca. Direi que os documentos estão em minha casa, mas que ele cometeria uma loucura se viesse durante o dia. Ele achará isso normal. Marcarei encontro às dez horas da noite, para que veja tudo o que quiser. Tenho certeza de que virá.

— E depois?

— Preparem a sequência como acharem melhor. A pensão da viúva MacNamara é uma casa retirada. A dona da casa é de confiança e dura de ouvido. Os únicos pensionistas que ela tem são Scanlan e eu. Se tiver a promessa de que ele virá, avisarei. Gostaria que os sete estivessem em minha casa às nove horas. Nós o pegaremos na armadilha. Se conseguir sair vivo... bem, ele poderá falar da sorte de Birdy Edwards pelo resto de seus dias.

— Ou muito me engano, ou haverá uma vaga na Pinkerton — concluiu McGinty. — Estamos combinados, McMurdo. Amanhã, às nove da noite, estaremos em sua casa. Assim que fechar a porta atrás dele, pode deixar o resto por nossa conta.

Capítulo 7

Birdy Edwards na armadilha

Como McMurdo disse, a casa na qual morava era retirada, portanto perfeitamente apropriada para o crime projetado. Estava situada na periferia da cidade e bem afastada da estrada. Em qualquer outro caso, os conspiradores teriam simplesmente convocado seu homem, como já haviam feito tantas vezes, e descarregariam nele seus revólveres. Mas aquela ocasião não era como as outras: era preciso saber até que ponto estava informado, como obtivera as informações e o que havia transmitido a seus empregadores.

Se já tivesse feito seu trabalho, poderiam pelo menos vingar-se no homem que o havia realizado. Mas esperavam que o detetive não tivesse descoberto nada de realmente importante, pois pensavam que não se dera ao trabalho de transcrever as informações insignificantes que McMurdo afirmava ter-lhe comunicado. Queriam, entretanto, ouvir tudo de sua boca. Assim que estivesse em suas mãos, ele falaria. Não era sua primeira testemunha recalcitrante.

McMurdo foi a Hobson's Patch, como combinado. A polícia pareceu interessar-se particularmente por ele naquela manhã, e o capitão Marvin, que havia mencionado suas velhas relações com ele em Chicago, dirigiu-lhe a palavra quando esperava o trem na estação. McMurdo virou-lhe as costas e recusou-se a responder. Voltou de sua missão à tarde e imediatamente foi encontrar-se com McGinty na sede do sindicato.

— Ele virá — anunciou.

— Ótimo! — aplaudiu o grão-mestre.

O gigante estava em mangas de camisa. Correntes e berloques cintilavam em seu colete. Um diamante reluzia no meio de sua barba cerrada. A bebida e a política tinham feito dele um homem rico e poderoso. Por isso, a perspectiva da prisão ou do cadafalso, que ele havia entrevisto na noite anterior, parecia-lhe ainda mais terrível.

— Acredita que ele saiba muita coisa? — perguntou, ansiosamente.

McMurdo abanou a cabeça, preocupado.

— Ele está aqui há pelo menos seis semanas. Imagino que não veio ao vale para apreciar a paisagem. Se trabalhou entre nós todo esse tempo, com o dinheiro de seus empregadores, suponho que obteve bons resultados e os passou adiante.

— Não existe traidor na Loja — protestou McGinty. — Todos são leais como aço. Ah, sim, há esse canalha do Morris. O que acha dele? Se alguém nos traiu, só pode ser ele. Tenho vontade de lhe enviar dois rapazes antes desta noite, para lhe infligir uma correção e tirar dele o que puderem.

— Bem, não vejo grande mal nisso — respondeu McMurdo. — Não escondo que tenho certa simpatia por Morris e lamentaria se lhe acontecesse alguma coisa. Ele me falou duas ou três vezes dos assuntos da Loja. Embora não os veja do mesmo modo como o senhor e eu, não me deu a impressão de ser um espião. Mas, no fim das contas, não compete a mim decidir isso.

— Darei a esse velho imbecil o que merece — declarou McGinty, com um palavrão. — Estou de olho nele há mais de um ano.

— O senhor sabe o que tem de fazer — retrucou McMurdo. — Mas espere até amanhã, pois não convém chamar a atenção para nós antes que o caso Pinkerton seja resolvido. Não podemos nos dar ao luxo de pôr a polícia em alerta hoje.

— Tem razão. O próprio Birdy Edwards nos dirá de quem obteve suas informações, ainda que para isso tenhamos de lhe arrancar o coração. Ele pareceu pressentir uma armadilha?

McMurdo se pôs a rir.

— Acho que toquei em seu ponto fraco — respondeu. — Para ter notícias sobre os Vingadores, ele rastejaria até Nova York. Já peguei seu dinheiro.

McMurdo tirou do bolso um maço de dólares.

— E ele me prometeu outro tanto quando tiver visto meus documentos.

— Que documentos?

— Não tenho documento algum. Mas pus água em sua boca a propósito de constituições, livros de regulamentos e fichas de adesão. Ele está persuadido de que, antes de partir daqui, chegará ao fundo do caso.

— Na verdade, ele não se enganou — murmurou McGinty, com voz ameaçadora. — Não lhe perguntou por que não lhe levou os documentos?

— Como poderia andar com uma bagagem dessas, sendo tão suspeito? O capitão Marvin quis falar comigo ainda esta manhã na estação.

— Sim, me contaram — disse McGinty. — Receio que você tenha, no final, de suportar todo o peso deste caso. Quando terminarmos com ele, poderemos fazê-lo desaparecer num poço velho, mas não conseguiremos dissimular que este homem estava hospedado em Hobson's Patch e você esteve lá hoje.

McMurdo levantou os ombros.

— Se agirmos com habilidade, o homicídio nunca será provado — disse. — Ninguém poderá vê-lo dirigir-se a minha casa assim que a noite cair e garanto que ninguém o verá sair. Agora, ouça-me, conselheiro. Vou revelar-lhe meu plano e peço que o transmita aos outros. Todos estarão lá na hora marcada. Muito bem. Edwards chegará às dez horas. Deve bater três vezes e serei eu que lhe abrirei a porta. Então me posicionarei atrás dele e a fecharei. E ele estará em nosso poder.

— O plano me parece muito simples.

— Mas os passos seguintes devem ser bem estudados. Ele pertence a uma organização séria e estará armado fortemente. Creio que o enganei direitinho, mas pode acontecer que desconfie de alguma coisa. Suponha que eu o faça entrar numa sala em que sete homens o esperam, quando ele pensava que estou sozinho. Haverá um tiroteio e alguns poderão sair feridos.

— É verdade.

— E o tumulto pode chamar a atenção de todos os policiais da cidade.

— Parece-me que tem razão.

— É assim que vejo as coisas. Todos estarão na sala grande, aquela onde tivemos uma pequena conversa. Eu lhe abrirei a porta, farei que entre na sala ao lado da entrada e o deixarei ali para ir buscar os documentos. Terei assim a oportunidade de lhes dizer como vão as coisas. Voltarei ao encontro dele com alguns papéis falsos. Quando os estiver lendo, pularei em cima dele e o imobilizarei. Os senhores me ouvirão chamá-los e acudirão à pressa. O mais rápido que puderem, pois ele é tão forte quanto eu e talvez tenha dificuldade de segurá-lo. Mas garanto que conseguirei fazê-lo até que cheguem.

— É um bom plano — disse McGinty. — A Loja lhe ficará grata por isso. Tenho a impressão de que, quando deixar a cadeira presidencial, saberei indicar um nome para ser meu sucessor.

— Obrigado, conselheiro, mas sou pouco mais que um recruta — respondeu McMurdo.

A expressão de seu rosto, entretanto, revelava claramente o que pensava do elogio que recebera do grande homem.

Quando voltou para casa, fez os preparativos para a noite difícil que viria. Primeiro limpou, azeitou e carregou seu Smith & Wesson. Depois examinou a sala onde ia preparar a armadilha para o detetive. Era extensa, com uma longa mesa no meio e um grande fogão no fundo. Dos dois lados havia janelas sem persianas, cobertas somente com cortinas leves. McMurdo as inspecionou com atenção. Sem dúvida considerou que o compartimento era muito exposto para uma reunião tão secreta. Mas sua distância em relação à estrada diminuía os riscos. Por fim discutiu o problema com Scanlan, que morava com ele. Embora Vingador, Scanlan era um homenzinho inofensivo, muito fraco para contestar a opinião dos companheiros. Mas, discretamente, ficava horrorizado com os atos sanguinários dos quais às vezes era testemunha. McMurdo lhe contou em poucas palavras o que pretendia fazer.

— Se estivesse em seu lugar, Mike Scanlan — acrescentou ele —, iria dormir fora esta noite e me manteria a distância. Haverá sangue na pensão antes de o dia amanhecer.

— O fato é, Mac, que não é vontade que me falta — respondeu Scanlan. — Não tenho nervos para isso. Quando vi abaterem o gerente Dunn no outro dia, diante do poço da mina, foi mais do que posso suportar. Não fui feito para esse tipo de trabalho, como você ou McGinty. Se a Loja não pensar o pior de mim, seguirei seu conselho e os deixarei sozinhos esta noite.

Os assassinos chegaram na hora fixada. Exteriormente, pareciam cidadãos respeitáveis, bem-vestidos e limpos. Mas um conhecedor de fisionomias daria poucas possibilidades para Birdy Edwards diante daquelas bocas contorcidas e daqueles olhos sem piedade. Naquela sala não havia um único homem cujas mãos não tivessem ficado vermelhas de sangue pelo menos uma dúzia de vezes. Estavam tão acostumados a tirar a vida de um homem quanto um carniceiro a matar um carneiro.

Na frente vinha, naturalmente, o formidável McGinty. Harraway, o secretário, era um homem magro com membros nervosos e um pescoço comprido e flácido. Incorruptível quando se tratava das finanças da ordem, sua noção de justiça e honestidade não passava disso. O tesoureiro Carter era homem de certa idade, com uma expressão mal-humorada e a pele amarela como pergaminho. Revelara-se um organizador capaz e quase todos os atentados haviam sido arquitetados por seu cérebro inventivo. Os dois Willaby eram homens de ação, jovens, altos, rostos determinados. Seu companheiro Tigre Cormac, moreno e forte, era temido mesmo pelos próprios colegas pela ferocidade de seu temperamento. Estes eram os homens que se reuniram naquela noite na casa de McMurdo para matar o detetive da Pinkerton.

O anfitrião havia colocado uma garrafa de uísque sobre a mesa e todos trataram de se aquecer em vista do trabalho que os esperava. Baldwin e Cormac já estavam meio bêbados e o álcool atiçou sua crueldade natural. Cormac pôs as mãos por um instante sobre o fogão que havia sido aceso, pois as noites de primavera ainda eram frias.

— Com esta temperatura, isso funcionará — comentou, soltando um palavrão.

— Sim — aprovou Baldwin, que compreendera o sentido de sua reflexão. — Se o amarrarmos a este fogão, ele dirá toda a verdade.

— Podem ficar sossegados, que o faremos falar — comentou McMurdo.

Esse homem tinha nervos de aço. Embora todo o peso da situação caísse em seus ombros, estava tão frio e calmo como de costume. Os outros notaram e aplaudiram.

— Será você que lidará com ele, sozinho — disse o grão-mestre, em tom de aprovação. — Ele ignorará nossa presença até que sua mão o agarre pela garganta. É pena que as janelas não tenham persianas.

McMurdo se encaminhou até uma e outra e puxou as cortinas para fechá-las bem.

— Assim, ninguém poderá nos espionar. A hora está chegando.

— Pode ser que ele não venha. Talvez tenha farejado o perigo — disse o secretário.

— Ele virá, fiquem tranquilos — declarou McMurdo. — Está tão ansioso para vir como os senhores para vê-lo. Ouçam.

Todos ficaram imobilizados como figuras de cera, alguns com o copo a meio caminho dos lábios. Três golpes fortes ressoaram à porta.

— Silêncio!

McMurdo ergueu a mão, recomendando prudência. Um mesmo olhar de triunfo brilhou nos olhos dos sete homens. Eles puseram as mãos em suas armas.

— Nenhum barulho agora — sussurrou McMurdo, que saiu e fechou a porta cuidadosamente atrás dele.

Com os ouvidos atentos, os assassinos esperaram. Contaram os passos do companheiro no corredor. Depois o ouviram abrir a porta da casa. Houve uma troca de palavras, como de acolhida. Em seguida perceberam um passo hesitante dentro da residência e uma voz que não conheciam. Um instante mais tarde, a porta bateu e uma chave girou na fechadura. A presa havia caído na armadilha. Tigre Cormac deu uma gargalhada abominável. McGinty fechou-lhe a boca com uma bofetada.

— Fique quieto, imbecil! — murmurou ele. — Quer pôr tudo a perder?

Na sala vizinha ouvia-se o murmúrio de uma conversa. Parecia interminável. Mas, de repente, a porta se abriu e McMurdo apareceu, com um dedo nos lábios. Foi até a extremidade da mesa e olhou os rostos silenciosos que o cercavam. Uma mudança sutil se havia operado em sua expressão. Sua atitude era de alguém que tem uma grande tarefa a realizar. Seu rosto parecia ter a consistência do granito. Seus olhos brilhavam com uma luz estranha atrás dos óculos. Havia-se convertido visivelmente em condutor de homens. Eles o contemplaram com interesse ansioso, mas ele não disse nada. Sempre com o mesmo olhar estranho, observou cada um dos companheiros.

— Então — gritou McGinty por fim —, ele chegou? Birdy Edwards está aqui?

— Sim — respondeu McMurdo lentamente. — Birdy Edwards está aqui. Birdy Edwards sou eu.

Dez segundos se passaram. Dez segundos durante os quais se acreditaria que a sala estava vazia, tão profundo era o silêncio. A chaleira sobre o fogão emitiu um chiado agudo, estridente. Sete rostos lívidos, todos fixados na direção do homem que os dominava, permaneciam petrificados de terror. Num estrondo de vidro quebrado, canos de fuzil brilharam em cada uma das janelas. As cortinas foram arrancadas de seus suportes. Então McGinty soltou o rugido de um urso ferido e se atirou para a porta entreaberta. Chocou-se com o revólver e os olhos azuis do capitão Marvin atrás da mira. O grão-mestre recuou e caiu pesadamente em sua cadeira.

— Estará mais seguro onde se encontra, conselheiro — disse o homem que eles conheciam pelo nome de McMurdo.

— E você, Baldwin, se não tirar a mão do revólver, poupará o trabalho do carrasco. Largue-o, senão pelo Deus que me criou... Assim está melhor. Há quarenta homens armados em volta da casa. Calculem as chances que lhes restam. Tire as armas deles, Marvin.

Sob a ameaça daqueles fuzis, nenhuma resistência era possível. Os assassinos foram desarmados. Aborrecidos, assustados e aturdidos, continuavam sentados em volta da mesa.

— Quero dizer-lhes uma palavra antes de nos separarmos — declarou o homem que lhes preparou a armadilha. — Parece que não nos veremos mais antes que eu sente no banco das testemunhas, no tribunal. Vou então dar-lhes alguns temas para meditarem neste período. Agora sabem quem sou. Finalmente posso jogar minhas cartas na mesa. Sou Birdy Edwards, da organização Pinkerton. Fui designado para destruir seu bando. Tive de participar de um jogo difícil e perigoso. Ninguém, nem uma só alma, nem mesmo as pessoas que me eram mais caras, ninguém tinha conhecimento do meu segredo. Ninguém, a não ser o capitão Marvin e meus superiores. O último lance foi dado esta noite, graças a Deus, e fui eu que ganhei.

Os sete rostos rígidos e lívidos o fitavam. Havia em seus olhos um ódio inimaginável. Ele leu a ameaça implacável.

— Talvez pensem que a partida ainda não terminou. Pois bem, aceito o risco. De qualquer modo ela terminou para os sete, e nesta mesma noite sessenta de seus comparsas dormirão na prisão. Quando aceitei este trabalho, não acreditava que pudesse existir uma sociedade como esta. Pensei que se tratasse de conversa fiada de jornalistas, e estava certo de que poderia demonstrá-lo. Disseram-me que tinha relação com os Homens Livres. Por isso fui a Chicago e me tornei um Homem Livre. Lá fiquei realmente convencido de que eram histórias de jornais, pois na ordem não encontrei nada de ruim. Ao contrário, vi muitas coisas boas.

Como devia ir até o fim de minha investigação, desci aos vales do carvão. Quando cheguei aqui, compreendi que estava enganado e que a realidade superava todos os romances. Então fiquei para ver como a engrenagem funcionava. Nunca matei um homem em Chicago. Jamais fabriquei dólares falsos. Os que lhes dei eram dólares iguais aos outros, mas nunca usei tão bem o dinheiro. Sabia como devia comportar-me para conquistar suas boas graças. Por isso dei a entender que era perseguido pela lei. Tudo funcionou como havia planejado.

Filiei-me então à sua Loja infernal e tomei parte em seus conselhos. Talvez alguém diga que fui tão perverso como vocês. Podem dizer o que quiserem, pois o que me importa é que os apanhei. Mas qual é a verdade? Na noite em que fui iniciado vocês atacaram o velho Stanger. Não havia tempo para avisá-lo. Mas retive sua mão, Baldwin, quando ia matá-lo. Se às vezes sugeri algumas coisas, a fim de manter meu lugar entre vocês, eram coisas que eu sabia que podia impedir. Não consegui salvar Dunn e Menzies, pois não sabia o suficiente, mas me empenharei para que seus assassinos sejam enforcados. Avisei Chester Wilcox para que pudesse escapar, com a mulher e os filhos, antes que eu explodisse sua casa. Houve muitos crimes que não consegui evitar. Mas, se refletirem, se pensarem no número de vezes em que seu homem voltou para casa por outra estrada, ou se escondeu na cidade quando estavam em seu encalço, ou ainda ficou em casa quando julgavam que ele ia sair, poderão avaliar a extensão do meu trabalho.

— Traidor maldito! — sibilou McGinty entre os dentes.

— Sim, John McGinty, pode me chamar pelo nome que quiser, se isso pode acalmar sua raiva. O senhor e os da sua laia se tornaram no vale os inimigos de Deus e da humanidade. Era necessário um homem para se interpor entre vocês e os pobres-diabos que mantinham em suas garras. Só havia um meio para obter sucesso: o que escolhi. Consideram-me "traidor", mas aposto que vários milhares de pessoas me chamarão de "libertador", que desceu ao inferno para salvá-los. Aguentei isso durante três meses. Não gostaria de reviver três meses semelhantes, mesmo em troca de todo o tesouro de Washington. Tive de permanecer até possuir tudo, cada homem, cada segredo, na palma desta mão. Esperaria um pouco mais se não soubesse que meu segredo ia ser desvendado.

Uma carta chegou à cidade. Eu estava portanto obrigado a agir, e a agir prontamente. Não tenho mais nada para lhes dizer, a não ser que morrerei mais tranquilo pensando no trabalho que realizei neste vale. Agora, Marvin, não vou retê-lo por mais tempo. Leve-os para a prisão e terminemos com isso.

Não há mais muita coisa para contar. Scanlan recebeu um bilhete lacrado para ser entregue no endereço da srta. Ettie Shafter, missão que aceitou com um piscar de olhos e um sorriso de conivência. Nas primeiras horas da manhã, uma bela jovem e um homem bem agasalhado subiram num trem especial posto a sua disposição pela companhia das ferrovias e deixaram rapidamente esta terra de perigo. Foi a última vez que Ettie e seu namorado pisaram o solo do vale do terror. Dez dias mais tarde, casaram-se em Chicago. O velho Shafter serviu como testemunha dessa união.

O julgamento dos Vingadores ocorreu longe do lugar onde seus camaradas poderiam atemorizar os guardiões da lei. Eles se defenderam em vão. Em vão o dinheiro da Loja, extorquido pela chantagem, correu como água para tentar salvá-los. O depoimento claro, lúcido e objetivo daquele que conhecia todos os detalhes de suas vidas, de sua organização e de seus crimes pareceu irrefutável, e as astúcias da defesa não conseguiram apagar a impressão que ele produziu. Finalmente, depois de tantos anos, os Vingadores eram vencidos e dispersos. A nuvem de terror se dissipava para sempre em cima do vale. McGinty morreu no cadafalso. Quando soou a hora da execução, humilhou-se e pediu piedade. Oito de seus seguidores principais compartilharam a mesma sorte. Cinquenta foram condenados a penas diversas de prisão. O sucesso de Birdy Edwards foi total.

Contudo, como ele pressentira, a partida não havia terminado. Outra mão ia ser jogada, depois outra, e ainda outra. Ted Baldwin, por exemplo, escapou do cadafalso. Os Willaby também, assim como vários outros bandidos temíveis do bando. Durante dez anos eles permaneceram encarcerados e depois reencontraram a liberdade. Naquele dia, Edwards, que conhecia seu mundo, soube que a vida pacífica que levava havia terminado. Eles juraram sobre tudo o que consideravam mais sagrado que seu sangue vingaria seus companheiros. E se esforçaram para cumprir o juramento.

O ex-agente da Pinkerton teve de deixar Chicago, depois de dois atentados tão próximos do êxito que lhe deram a certeza de que do terceiro não escaparia. Saiu de Chicago com nome falso para a Califórnia. Ali a luz saiu por algum tempo de sua vida com a morte de Ettie Edwards. Mais uma vez foi quase assassinado. Com o nome de Douglas trabalhou num cânion retirado, onde, em sociedade com um inglês chamado Barker, acumulou uma fortuna. Por fim recebeu o aviso de que os cães sedentos de sangue haviam encontrado novamente sua pista. Então embarcou, em cima da hora, para a Inglaterra. Lá John Douglas voltou a casar-se com uma mulher igualmente digna e viveu cinco anos como proprietário rico em Sussex, onde passou pelos acontecimentos estranhos que relatamos.

Epílogo

Depois das investigações da polícia, o caso de John Douglas foi submetido aos tribunais criminais. Ele foi absolvido por ter agido em legítima defesa. Holmes escreveu à mulher:

> Faça-o sair da Inglaterra a qualquer custo. Neste país atuam organizações mais perigosas que aquelas das quais ele escapou. Não há nenhuma segurança para seu marido na Inglaterra.

Dois meses haviam passado. O caso saíra mais ou menos de nossas preocupações. Uma manhã, um bilhete enigmático foi posto em nossa caixa de correspondência.

> Meu Deus, sr. Holmes! Meu Deus!

Tal era o texto dessa singular mensagem anônima. Não havia remetente nem assinatura. Eu ri, mas Holmes mostrou uma seriedade incomum.

— É uma maquinação diabólica, Watson — observou, permanecendo sentado por longo tempo, com a fronte preocupada.

Tarde da noite, a sra. Hudson, nossa hospedeira, veio comunicar-nos que um cavalheiro queria ver Holmes e que o assunto era de importância extrema. O visitante foi logo introduzido. Era o sr. Cecil Barker, nosso amigo da mansão dos fossos. Tinha o rosto abatido e os olhos desvairados.

— Trago más notícias. Uma notícia terrível, sr. Holmes.

— Era o que eu temia — disse Holmes.

— Recebeu um cabograma, não é?

— Recebi um bilhete de alguém que recebeu um cabograma.

— É o pobre Douglas. Garantem-me que ele se chama Edwards, mas para mim será sempre Jack Douglas, de Benito Canyon. Eu lhe havia dito que eles partiram juntos para a África do Sul a bordo do Palmyra há três semanas.

— Exatamente.

— O navio ancorou na Cidade do Cabo ontem à noite. Recebi esta manhã da sra. Douglas o seguinte telegrama:

> Jack caiu no mar durante uma tempestade no largo de Santa Helena. Ninguém sabe como o acidente ocorreu.
>
> Ivy Douglas

— Ah, então foi desta maneira que aconteceu? — disse Holmes, pensativo. — A encenação foi perfeita.

— Quer dizer que não acredita na versão do acidente?

— Claro que não.

— Foi assassinado?

— Com toda a certeza.

— É o que também penso. Esses Vingadores do inferno, esse bando vingativo de criminosos...

— Não, não, caro senhor — interrompeu Holmes. — Há aqui a mão de um mestre. Não se trata mais de uma escopeta serrada, nem de revólveres barulhentos de seis balas. É possível distinguir um verdadeiro mestre por sua pincelada. Posso reconhecer um Moriarty quando o vejo. Este crime vem de Londres, e não da América.

— Por que motivo?

— Porque foi perpetrado por um homem que não pode permitir-se cometer falhas, um homem cuja situação realmente única depende do fato de que tudo o que empreende deve ser bem-sucedido. Um grande cérebro e uma organização colossal se ocuparam do desaparecimento de um só homem. É como esmagar uma noz com um martelo. É um desperdício absurdo de energia, mas a noz acabou sendo esmagada.

— Como esse homem teve alguma coisa a ver com este caso?

— Só posso dizer que a primeira informação que chegou a nós veio de um de seus subordinados. Esses americanos estavam bem informados. Tendo projetado uma ação na Inglaterra, associaram-se a um grande mestre do crime, como qualquer criminoso estrangeiro faria. A partir daquele momento o destino de seu amigo estava selado. Primeiro Moriarty se contentou em pôr sua máquina em movimento para localizar seu alvo. Depois indicou como a missão podia ser cumprida. Finalmente, quando soube que o assassino enviado da América havia falhado, assumiu pessoalmente sua direção, para lhe dar um toque de mestre. O senhor ouviu quando avisei Douglas na Mansão de Birlstone. Disse a ele que os perigos futuros seriam maiores que os do passado. Eu estava enganado?

Barker bateu com o punho fechado na testa, num acesso de raiva impotente.

— Quer dizer que somos obrigados a aceitar isso? Tem certeza de que ninguém se elevará ao nível deste rei do mal?

— Não, não tenho certeza — respondeu Holmes, cujos olhos pareciam voltar-se para um futuro distante. — Não digo que ele não pode ser vencido. Mas deve me dar tempo. Sim, vou precisar de muito tempo.

Ficamos em silêncio durante alguns minutos, enquanto aqueles olhos proféticos faziam um esforço para romper o véu.

Dados biográficos

Arthur Conan Doyle

Casemiro Linarth

Arthur Conan Doyle nasceu em 22 de maio de 1859 em Edimburgo, Escócia, numa família irlandesa da nobreza antiga. Foi o segundo de sete filhos. O pai, Charles Altamont Doyle, era um funcionário pouco ambicioso, que morreu alcoólatra. A mãe, Mary Foley, descendia dos Plantagenetas. Seu avô foi John Doyle, caricaturista famoso.

Estudou na Public School de Stonyhurst, colégio jesuíta, e logo se interessou pela literatura. Em 1875, saiu da escola e tornou-se agnóstico. Em 1876, iniciou o curso de medicina na faculdade de Edimburgo. Teve como professor de cirurgia o doutor Joseph Bell, que se distinguia por sua habilidade de deduzir dos mínimos detalhes as características físicas e psicológicas dos pacientes. O dr. Bell inspirou a Doyle boa parte da personalidade de Sherlock Holmes.

Doyle formou-se em 1881 e alistou-se como médico de bordo num vapor com destino à África ocidental. O navio sofreu um incêndio e ele caiu gravemente doente em Lagos. De volta à Inglaterra, abriu um consultório de oftalmologia em Southsea, perto de Portsmouth, mas tinha poucos pacientes. Casou-se em 1885 com Louise Hawkins, que o estimulou a persistir na literatura.

Depois de um primeiro romance, que não conseguiu publicar, redigiu *Um estudo em vermelho*. O manuscrito foi rejeitado por várias editoras, até que Ward, Lock & Co. o comprou pela quantia irrisória de 25 libras. Apareceu em 1887 no *Beeton's Christmas Annual*, porém passou quase despercebido. Era a primeira das cinquenta e seis novelas e quatro romances, que colocaram Sherlock Holmes em cena, a última esperança daqueles que se defrontam com casos aparentemente insolúveis.

Em 1889, publicou *Miquéias Clarke*, seu primeiro romance histórico, gênero que considerava o único digno de sua vocação. Ainda em 1889, J. M. Stoddart, agente estadunidense do *Lippincott's Monthly Magazine*, convidou-o com Oscar Wilde para um jantar, no qual foram contratados para escrever duas histórias. Wilde entregou *O retrato de Dorian Gray* e Doyle, *O signo dos quatro*, a segunda aventura de Sherlock Holmes, publicada em 1890. Abriu então um novo consultório na Montague Place, em Londres, porém os pacientes continuaram raros.

Em 1891, ao ler o primeiro número da revista *Strand Magazine*, visitou o editor e propôs novas aventuras do detetive. *Um escândalo na Boêmia* apareceu na edição de julho. Em seguida foram publicadas *A liga dos Cabeças Vermelhas* e mais quatro novelas. Renovou o contrato com seis novas investigações, ao ritmo de uma por mês. Depois essas doze histórias foram publicadas em livro com o título *As aventuras de Sherlock Holmes*.

As primeiras histórias obtiveram um sucesso enorme, em razão da engenhosidade da trama, da personalidade de Sherlock Holmes, da originalidade em relação aos romances policiais da época e principalmente de suas qualidades de raciocínio dedutivo. Doyle abandonou então a medicina e dedicou-se em tempo integral à escrita. Contudo, queria associar seu nome a obras mais literárias e, em novembro de 1891, resolveu matar Sherlock Holmes num conto. A mãe protestou e até lhe sugeriu enredos. Sherlock obteve uma sobrevida.

De dezembro de 1892 a dezembro de 1893, escreveu uma nova série de doze aventuras, mais tarde compiladas nas *Memórias de Sherlock Holmes*. O detetive morreu na décima segunda, *O problema final*, nas cataratas de Reichenbach, perto de Davos Platz, na Suíça, lugar de clima mais saudável ao qual havia levado a mulher, que sofria de tuberculose. Com ele morreu o prof. Moriarty, o rei dos vilões. O público e a mãe não se conformaram, mas Doyle se recusava a ressuscitar o seu detetive.

Nesse período, escreveu *As façanhas do brigadeiro Gerard*, o primeiro romance da saga do soldado do Primeiro Império, e *A curiosa história de Rodney Stone*, romance consagrado ao boxe. Em 1895, lançou *A tragédia de Korosko*, depois de uma estada no Cairo, Egito, onde assistiu ao conflito entre os britânicos e os derviches.

Mas já em 1901 cedeu às pressões dos leitores e publicou a primeira parte do *Cão dos Baskervilles* no *Strand Magazine*. A aventura se desenrola antes da morte do detetive em Reichenbach. Foi só em 1903 que um editor dos Estados Unidos convenceu Doyle a ressuscitar o detetive, oferecendo--lhe uma grande quantia de dinheiro. Assim, trinta e três novas aventuras foram publicadas entre setembro de 1903 (*A casa vazia*) e março de 1927 (*O velho solar de Shoscombe*), novelas compiladas nas *Memórias de Sherlock Holmes*, *seu último adeus* e *Os arquivos de Sherlock Holmes*. Mais o romance *O vale do terror*.

Doyle participou ativamente da política. Apresentou-se duas vezes (em 1900 e em 1906) nas eleições em Edimburgo como candidato unionista (conservador) a deputado, partidário da manutenção da Irlanda no Reino Unido, porém não conseguiu se eleger. Tomou posição nos grandes fatos políticos da Grã-Bretanha e redigiu diversos trabalhos, entre os quais o panfleto "A guerra na África do Sul: suas causas e sua organização", defendendo a política britânica na guerra. Por essa posição, foi nomeado cavaleiro em 1902, e se tornou Sir.

Sua mulher morreu em 1906, e ele mergulhou numa prostração próxima da depressão. Dedicou-se então ao caso de George Edalji, jovem notário de origem indiana, condenado a sete anos de prisão pelo envio de cartas anônimas e pela mutilação de gado. Como Sherlock Holmes, investigou, provou sua inocência e conseguiu liberá-lo. Casou-se novamente em 1907, com Jean Leckie, e passou a residir em Crowborough, em Sussex.

Em 1910, lutou para evitar a pena de morte de Oscar Slater, judeu alemão acusado de homicídio. Apontou irregularidades judiciais e tentou provar a inocência do réu, mas só conseguiu que a pena capital fosse comutada em prisão perpétua. A inocência de Slater só foi reconhecida em 1928.

Em 1912, Doyle criou um novo personagem, que marcou o mundo literário: o prof. Challenger, no *Mundo perdido*, inspirado em outro de seus mestres do tempo de faculdade, prof. Rutherford.

Quis participar da Primeira Guerra Mundial, que estourou em 1914, formando uma unidade local de voluntários. Mas não o deixaram partir para o *front*, por causa de sua idade (55 anos). Durante o conflito, perdeu o filho mais velho, Kingsley, e o irmão Innes.

Em 1916, Doyle interveio para obter a graça de Sir Roger Casement, um dos líderes dos rebeldes irlandeses que aderiu à Alemanha durante a guerra. Apesar de todos os seus esforços, o escritor não conseguiu salvá-lo. Acusado de traição, Sir Roger Casement foi executado.

No mesmo ano, anunciou sua conversão ao espiritismo. Em 1924, publicou sua autobiografia, *Recordações e aventuras*. Morreu em 7 de julho de 1930, de crise cardíaca. Por ironia da sorte, a sua obra histórica, à qual deu maior importância, foi relegada a segundo plano. Em compensação, Sherlock Holmes, que ele considerava como personagem de uma literatura inferior, é hoje mundialmente famoso, eclipsando o seu criador.

O OBJETIVO, A FILOSOFIA E A MISSÃO DA EDITORA MARTIN CLARET

O principal objetivo da Martin Claret é contribuir para a difusão da educação e da cultura, por meio da democratização do livro, usando os canais de comercialização habituais, além de criar novos.

A filosofia de trabalho da Martin Claret consiste em produzir livros de qualidade a um preço acessível, para que possam ser apreciados pelo maior número possível de leitores.

A missão da Martin Claret é conscientizar e motivar as pessoas a desenvolver e utilizar o seu pleno potencial espiritual, mental, emocional e social.

O livro muda as pessoas. Revolucione-se: leia mais para ser mais!

MARTIN CLARET

Relação dos Volumes Publicados

1. Dom Casmurro
Machado de Assis
2. O Príncipe
Maquiavel
3. Mensagem
Fernando Pessoa
4. O Lobo do Mar
Jack London
5. A Arte da Prudência
Baltasar Gracián
6. Iracema / Cinco Minutos
José de Alencar
7. Inocência
Visconde de Taunay
8. A Mulher de 30 Anos
Honoré de Balzac
9. A Moreninha
Joaquim Manuel de Macedo
10. A Escrava Isaura
Bernardo Guimarães
11. As Viagens - "Il Milione"
Marco Polo
12. O Retrato de Dorian Gray
Oscar Wilde
13. A Volta ao Mundo em 80 Dias
Júlio Verne
14. A Carne
Júlio Ribeiro
15. Amor de Perdição
Camilo Castelo Branco
16. Sonetos
Luís de Camões
17. O Guarani
José de Alencar
18. Memórias Póstumas de Brás Cubas
Machado de Assis
19. Lira dos Vinte Anos
Álvares de Azevedo
20. Apologia de Sócrates / Banquete
Platão
21. A Metamorfose/Um Artista da Fome/Carta ao Pai
Franz Kafka
22. Assim Falou Zaratustra
Friedrich Nietzsche
23. Triste Fim de Policarpo Quaresma
Lima Barreto
24. A Ilustre Casa de Ramires
Eça de Queirós
25. Memórias de um Sargento de Milícias
Manuel Antônio de Almeida
26. Robinson Crusoé
Daniel Defoe
27. Espumas Flutuantes
Castro Alves
28. O Ateneu
Raul Pompeia
29. O Noviço / O Juiz de Paz da Roça / Quem Casa Quer Casa
Martins Pena
30. A Relíquia
Eça de Queirós
31. O Jogador
Dostoiévski
32. Histórias Extraordinárias
Edgar Allan Poe
33. Os Lusíadas
Luís de Camões
34. As Aventuras de Tom Sawyer
Mark Twain
35. Bola de Sebo e Outros Contos
Guy de Maupassant
36. A República
Platão
37. Elogio da Loucura
Erasmo de Rotterdam
38. Caninos Brancos
Jack London
39. Hamlet
William Shakespeare
40. A Utopia
Thomas More
41. O Processo
Franz Kafka
42. O Médico e o Monstro
Robert Louis Stevenson
43. Ecce Homo
Friedrich Nietzsche
44. O Manifesto do Partido Comunista
Marx e Engels
45. Discurso do Método / Regras para a Direção do Espírito
René Descartes
46. Do Contrato Social
Jean-Jacques Rousseau
47. A Luta pelo Direito
Rudolf von Ihering
48. Dos Delitos e das Penas
Cesare Beccaria
49. A Ética Protestante e o Espírito do Capitalismo
Max Weber
50. O Anticristo
Friedrich Nietzsche
51. Os Sofrimentos do Jovem Werther
Goethe
52. As Flores do Mal
Charles Baudelaire
53. Ética a Nicômaco
Aristóteles
54. A Arte da Guerra
Sun Tzu
55. Imitação de Cristo
Tomás de Kempis
56. Cândido ou o Otimismo
Voltaire
57. Rei Lear
William Shakespeare
58. Frankenstein
Mary Shelley
59. Quincas Borba
Machado de Assis
60. Fedro
Platão
61. Política
Aristóteles
62. A Viuvinha / Encarnação
José de Alencar
63. As Regras do Método Sociológico
Émile Durkheim
64. O Cão dos Baskervilles
Sir Arthur Conan Doyle
65. Contos Escolhidos
Machado de Assis
66. Da Morte / Metafísica do Amor / Do Sofrimento do Mundo
Arthur Schopenhauer
67. As Minas do Rei Salomão
Henry Rider Haggard
68. Manuscritos Econômico-Filosóficos
Karl Marx
69. Um Estudo em Vermelho
Sir Arthur Conan Doyle
70. Meditações
Marco Aurélio
71. A Vida das Abelhas
Maurice Materlinck
72. O Cortiço
Aluísio Azevedo
73. Senhora
José de Alencar
74. Brás, Bexiga e Barra Funda / Laranja da China
Antônio de Alcântara Machado
75. Eugênia Grandet
Honoré de Balzac
76. Contos Gauchescos
João Simões Lopes Neto
77. Esaú e Jacó
Machado de Assis
78. O Desespero Humano
Sören Kierkegaard
79. Dos Deveres
Cícero
80. Ciência e Política
Max Weber
81. Satíricon
Petrônio
82. Eu e Outras Poesias
Augusto dos Anjos
83. Farsa de Inês Pereira / Auto da Barca do Inferno / Auto da Alma
Gil Vicente
84. A Desobediência Civil e Outros Escritos
Henry David Toreau
85. Para Além do Bem e do Mal
Friedrich Nietzsche
86. A Ilha do Tesouro
R. Louis Stevenson
87. Marília de Dirceu
Tomás A. Gonzaga
88. As Aventuras de Pinóquio
Carlo Collodi
89. Segundo Tratado Sobre o Governo
John Locke
90. Amor de Salvação
Camilo Castelo Branco
91. Broquéis/Faróis/ Últimos Sonetos
Cruz e Souza
92. I-Juca-Pirama / Os Timbiras / Outros Poemas
Gonçalves Dias
93. Romeu e Julieta
William Shakespeare
94. A Capital Federal
Arthur Azevedo
95. Diário de um Sedutor
Sören Kierkegaard
96. Carta de Pero Vaz de Caminha a El-Rei Sobre o Achamento do Brasil
97. Casa de Pensão
Aluísio Azevedo
98. Macbeth
William Shakespeare

99. Édipo Rei/Antígona
Sófocles

100. Lucíola
José de Alencar

101. As Aventuras de Sherlock Holmes
Sir Arthur Conan Doyle

102. Bom-Crioulo
Adolfo Caminha

103. Helena
Machado de Assis

104. Poemas Satíricos
Gregório de Matos

105. Escritos Políticos / A Arte da Guerra
Maquiavel

106. Ubirajara
José de Alencar

107. Diva
José de Alencar

108. Eurico, o Presbítero
Alexandre Herculano

109. Os Melhores Contos
Lima Barreto

110. A Luneta Mágica
Joaquim Manuel de Macedo

111. Fundamentação da Metafísica dos Costumes e Outros Escritos
Immanuel Kant

112. O Príncipe e o Mendigo
Mark Twain

113. O Domínio de Si Mesmo pela Auto-Sugestão Consciente
Émile Coué

114. O Mulato
Aluísio Azevedo

115. Sonetos
Florbela Espanca

116. Uma Estadia no Inferno / Poemas / Carta do Vidente
Arthur Rimbaud

117. Várias Histórias
Machado de Assis

118. Fédon
Platão

119. Poesias
Olavo Bilac

120. A Conduta para a Vida
Ralph Waldo Emerson

121. O Livro Vermelho
Mao Tsé-Tung

122. Oração aos Moços
Rui Barbosa

123. Otelo, o Mouro de Veneza
William Shakespeare

124. Ensaios
Ralph Waldo Emerson

125. De Profundis / Balada do Cárcere de Reading
Oscar Wilde

126. Crítica da Razão Prática
Immanuel Kant

127. A Arte de Amar
Ovídio Naso

128. O Tartufo ou O Impostor
Molière

129. Metamorfoses
Ovídio Naso

130. A Gaia Ciência
Friedrich Nietzsche

131. O Doente Imaginário
Molière

132. Uma Lágrima de Mulher
Aluísio Azevedo

133. O Último Adeus de Sherlock Holmes
Sir Arthur Conan Doyle

134. Canudos - Diário de uma Expedição
Euclides da Cunha

135. A Doutrina de Buda
Siddharta Gautama

136. Tao Te Ching
Lao-Tsé

137. Da Monarquia / Vida Nova
Dante Alighieri

138. A Brasileira de Prazins
Camilo Castelo Branco

139. O Velho da Horta/Quem Tem Farelos?/Auto da Índia
Gil Vicente

140. O Seminarista
Bernardo Guimarães

141. O Alienista / Casa Velha
Machado de Assis

142. Sonetos
Manuel du Bocage

143. O Mandarim
Eça de Queirós

144. Noite na Taverna / Macário
Álvares de Azevedo

145. Viagens na Minha Terra
Almeida Garrett

146. Sermões Escolhidos
Padre Antonio Vieira

147. Os Escravos
Castro Alves

148. O Demônio Familiar
José de Alencar

149. A Mandrágora / Belfagor, o Arquidiabo
Maquiavel

150. O Homem
Aluísio Azevedo

151. Arte Poética
Aristóteles

152. A Megera Domada
William Shakespeare

153. Alceste/Electra/Hipólito
Eurípedes

154. O Sermão da Montanha
Huberto Rohden

155. O Cabeleira
Franklin Távora

156. Rubáiyát
Omar Khayyám

157. Luzia-Homem
Domingos Olímpio

158. A Cidade e as Serras
Eça de Queirós

159. A Retirada da Laguna
Visconde de Taunay

160. A Viagem ao Centro da Terra
Júlio Verne

161. Caramuru
Frei Santa Rita Durão

162. Clara dos Anjos
Lima Barreto

163. Memorial de Aires
Machado de Assis

164. Bhagavad Gita
Krishna

165. O Profeta
Khalil Gibran

166. Aforismos
Hipócrates

167. Kama Sutra
Vatsyayana

168. Histórias de Mowgli
Rudyard Kipling

169. De Alma para Alma
Huberto Rohden

170. Orações
Cícero

171. Sabedoria das Parábolas
Huberto Rohden

172. Salomé
Oscar Wilde

173. Do Cidadão
Thomas Hobbes

174. Porque Sofremos
Huberto Rohden

175. Einstein: o Enigma do Universo
Huberto Rohden

176. A Mensagem Viva do Cristo
Huberto Rohden

177. Mahatma Gandhi
Huberto Rohden

178. A Cidade do Sol
Tommaso Campanella

179. Setas para o Infinito
Huberto Rohden

180. A Voz do Silêncio
Helena Blavatsky

181. Frei Luís de Sousa
Almeida Garrett

182. Fábulas
Esopo

183. Cântico de Natal/ Os Carrilhões
Charles Dickens

184. Contos
Eça de Queirós

185. O Pai Goriot
Honoré de Balzac

186. Noites Brancas e Outras Histórias
Dostoiévski

187. Minha Formação
Joaquim Nabuco

188. Pragmatismo
William James

189. Discursos Forenses
Enrico Ferri

190. Medeia
Eurípedes

191. Discursos de Acusação
Enrico Ferri

192. A Ideologia Alemã
Marx & Engels

193. Prometeu Acorrentado
Ésquilo

194. Iaiá Garcia
Machado de Assis

195. Discursos no Instituto dos Advogados Brasileiros / Discurso no Colégio Anchieta
Rui Barbosa

196. Édipo em Colono
Sófocles

197. A Arte de Curar pelo Espírito
Joel S. Goldsmith

198. Jesus, o Filho do Homem
Khalil Gibran

199. Discurso sobre a Origem e os Fundamentos da Desigualdade entre os Homens
Jean-Jacques Rousseau

200. Fábulas
La Fontaine

201. O Sonho de uma Noite de Verão
William Shakespeare

202. Maquiavel, o Poder
José Nivaldo Junior

203. Ressurreição
Machado de Assis

204. O Caminho da Felicidade
Huberto Rohden

205. A Velhice do Padre Eterno
Guerra Junqueiro

206. O Sertanejo
José de Alencar

207. Gitanjali
Rabindranath Tagore

208. Senso Comum
Thomas Paine

209. Canaã
Graça Aranha

210. O Caminho Infinito
Joel S. Goldsmith

211. Pensamentos
Epicuro

212. A Letra Escarlate
Nathaniel Hawthorne

213. Autobiografia
Benjamin Franklin

214. Memórias de Sherlock Holmes
Sir Arthur Conan Doyle

215. O Dever do Advogado / Posse de Direitos Pessoais
Rui Barbosa

216. O Tronco do Ipê
José de Alencar

217. O Amante de Lady Chatterley
D. H. Lawrence

218. Contos Amazônicos
Inglês de Souza

219. A Tempestade
William Shakespeare

220. Ondas
Euclides da Cunha

221. Educação do Homem Integral
Huberto Rohden

222. Novos Rumos para a Educação
Huberto Rohden

223. Mulherzinhas
Louise May Alcott

224. A Mão e a Luva
Machado de Assis

225. A Morte de Ivan Ilicht / Senhores e Servos
Leon Tolstói

226. Álcoois e Outros Poemas
Apollinaire

227. Pais e Filhos
Ivan Turguêniev

228. Alice no País das Maravilhas
Lewis Carroll

229. À Margem da História
Euclides da Cunha

230. Viagem ao Brasil
Hans Staden

231. O Quinto Evangelho
Tomé

232. Lorde Jim
Joseph Conrad

233. Cartas Chilenas
Tomás Antônio Gonzaga

234. Odes Modernas
Anntero de Quental

235. Do Cativeiro Babilônico da Igreja
Martinho Lutero

236. O Coração das Trevas
Joseph Conrad

237. Thais
Anatole France

238. Andrômaca / Fedra
Racine

239. As Catilinárias
Cícero

240. Recordações da Casa dos Mortos
Dostoiévski

241. O Mercador de Veneza
William Shakespeare

242. A Filha do Capitão / A Dama de Espadas
Aleksandr Púchkin

243. Orgulho e Preconceito
Jane Austen

244. A Volta do Parafuso
Henry James

245. O Gaúcho
José de Alencar

246. Tristão e Isolda
Lenda Medieval Celta de Amor

247. Poemas Completos de Alberto Caeiro
Fernando Pessoa

248. Maiakósvski
Vida e Poesia

249. Sonetos
William Shakespeare

250. Poesia de Ricardo Reis
Fernando Pessoa

251. Papéis Avulsos
Machado de Assis

252. Contos Fluminenses
Machado de Assis

253. O Bobo
Alexandre Herculano

254. A Oração da Coroa
Demóstenes

255. O Castelo
Franz Kafka

256. O Trovejar do Silêncio
Joel S. Goldsmith

257. Alice na Casa dos Espelhos
Lewis Carrol

258. Miséria da Filosofia
Karl Marx

259. Júlio César
William Shakespeare

260. Antônio e Cleópatra
William Shakespeare

261. Filosofia da Arte
Huberto Rohden

262. A Alma Encantadora das Ruas
João do Rio

263. A Normalista
Adolfo Caminha

264. Pollyanna
Eleanor H. Porter

265. As Pupilas do Senhor Reitor
Júlio Diniz

266. As Primaveras
Casimiro de Abreu

267. Fundamentos do Direito
Léon Duguit

268. Discursos de Metafísica
G. W. Leibniz

269. Sociologia e Filosofiia
Émile Durkheim

270. Cancioneiro
Fernando Pessoa

271. A Dama das Camélias
Alexandre Dumas (filho)

272. O Divórcio / As Bases da Fé / e outros textos
Rui Barbosa

273. Pollyanna Moça
Eleanor H. Porter

274. O 18 Brumário de Luís Bonaparte
Karl Marx

275. Teatro de Machado de Assis
Antologia

276. Cartas Persas
Montesquieu

277. Em Comunhão com Deus
Huberto Rohden

278. Razão e Sensibilidade
Jane Austen

279. Crônicas Selecionadas
Machado de Assis

280. Histórias da Meia-Noite
Machado de Assis

281. Cyrano de Bergerac
Edmond Rostand

282. O Maravilhoso Mágico de Oz
L. Frank Baum

283. Trocando Olhares
Florbela Espanca

284. O Pensamento Filosófico da Antiguidade
Huberto Rohden

285. Filosofia Contemporânea
Huberto Rohden

286. O Espírito da Filosofia Oriental
Huberto Rohden

287. A Pele do Lobo / O Badejo / o Dote
Artur Azevedo

288. Os Bruzundangas
Lima Barreto

289. A Pata da Gazela
José de Alencar

290. O Vale do Terror
Sir Arthur Conan Doyle

291. O Signo dos Quatro
Sir Arthur Conan Doyle

292. As Máscaras do Destino
Florbela Espanca

293. A Confissão de Lúcio
Mário de Sá-Carneiro

294. Falenas
Machado de Assis

295. O Uraguai / A Declamação Trágica
Basílio da Gama

296. Crisálidas
Machado de Assis

297. Americanas
Machado de Assis

298. A Carteira de Meu Tio
Joaquim Manuel de Macedo

299. Catecismo da Filosofia
Huberto Rohden

300. Apologia de Sócrates
Platão (Edição bilingue)

301. Rumo à Consciência Cósmica
Huberto Rohden

302. Cosmoterapia
Huberto Rohden

303. Bodas de Sangue
Federico García Lorca

304. Discurso da Servidão Voluntária
Étienne de La Boétie

305. Categorias
Aristóteles

306. Manon Lescaut
Abade Prévost

307. Teogonia / Trabalho e Dias
Hesíodo

308. As Vítimas-Algozes
Joaquim Manuel de Macedo

309. Persuasão
Jane Austen

310. Agostinho - Huberto Rohden

311. Roteiro Cósmico
Huberto Rohden

312. A Queda dum Anjo
Camilo Castelo Branco

313. O Cristo Cósmico e os Essênios - Huberto Rohden

314. Metafísica do Cristianismo
Huberto Rohden

315. Rei Édipo - Sófocles

316. Livro dos provérbios
Salomão

317. Histórias de Horror
Howard Phillips Lovecraft

318. O Ladrão de Casaca
Maurice Leblanc

319. Til
José de Alencar

Série Ouro
(Livros com mais de 400 p.)

1. Leviatã
Thomas Hobbes

2. A Cidade Antiga
Fustel de Coulanges

3. Crítica da Razão Pura
Immanuel Kant

4. Confissões
Santo Agostinho

5. Os Sertões
Euclides da Cunha

6. Dicionário Filosófico
Voltaire

7. A Divina Comédia
Dante Alighieri

8. Ética Demonstrada à Maneira dos Geômetras
Baruch de Spinoza

9. Do Espírito das Leis
Montesquieu

10. O Primo Basílio
Eça de Queirós

11. O Crime do Padre Amaro
Eça de Queirós

12. Crime e Castigo
Dostoiévski

13. Fausto
Goethe

14. O Suicídio
Émile Durkheim

15. Odisseia
Homero

16. Paraíso Perdido
John Milton

17. Drácula
Bram Stoker

18. Ilíada
Homero

19. As Aventuras de Huckleberry Finn
Mark Twain

20. Paulo – O 13º Apóstolo
Ernest Renan

21. Eneida
Virgílio

22. Pensamentos
Blaise Pascal

23. A Origem das Espécies
Charles Darwin

24. Vida de Jesus
Ernest Renan

25. Moby Dick
Herman Melville

26. Os Irmãos Karamazovi
Dostoiévski

27. O Morro dos Ventos Uivantes
Emily Brontë

28. Vinte Mil Léguas Submarinas
Júlio Verne

29. Madame Bovary
Gustave Flaubert

30. O Vermelho e o Negro
Stendhal

31. Os Trabalhadores do Mar
Victor Hugo

32. A Vida dos Doze Césares
Suetônio

33. O Moço Loiro
Joaquim Manuel de Macedo

34. O Idiota
Dostoiévski

35. Paulo de Tarso
Huberto Rohden

36. O Peregrino
John Bunyan

37. As Profecias
Nostradamus

38. Novo Testamento
Huberto Rohden

39. O Corcunda de Notre Dame
Victor Hugo

40. Arte de Furtar
Anônimo do século XVII

41. Germinal
Émile Zola

42. Folhas de Relva
Walt Whitman

43. Ben-Hur — Uma História dos Tempos de Cristo
Lew Wallace

44. Os Maias
Eça de Queirós

45. O Livro da Mitologia
Thomas Bulfinch

46. Os Três Mosqueteiros
Alexandre Dumas

47. Poesia de Álvaro de Campos
Fernando Pessoa

48. Jesus Nazareno
Huberto Rohden

49. Grandes Esperanças
Charles Dickens

50. A Educação Sentimental
Gustave Flaubert

51. O Conde de Monte Cristo (Volume I)
Alexandre Dumas

52. O Conde de Monte Cristo (Volume II)
Alexandre Dumas

53. Os Miseráveis (Volume I)
Victor Hugo

54. Os Miseráveis (Volume II)
Victor Hugo

55. Dom Quixote de La Mancha (Volume I)
Miguel de Cervantes

56. Dom Quixote de La Mancha (Volume II)
Miguel de Cervantes

57. As Confissões
Jean-Jacques Rousseau

58. Contos Escolhidos
Artur Azevedo

59. As Aventuras de Robin Hood
Howard Pyle

60. Mansfield Park
Jane Austen